【種子島のあれこれ】

種子島の絶品を２つ。
年に2回も取れる「苦竹」と伊勢エビより美味しかった「ぞうりエビ」

南種子町茎永のロケット発射場

花峰小学校で飼育されているインギー鶏

英船ドラムエルタン号漂着の前之浜海岸と記念碑

【3人の絵描きさん達の作品】

吉岡耕二

「ベニス`93」（シルクスクリーン）

さるすべりの花のように

―まだやってるの―

「日本ペンクラブ会員／日本エッセイストクラブ会員／東京コピーライターズクラブ会員」
島崎 保彦 著

前書き

いつのころからか、僕は「さるすべりの花」が好きになった。

植物に詳しい人達は、百日紅ともいうらしいが、僕には、やっぱり「さるすべり」のほうが、ピンとくる。
春の花といえば、みんなが、まだか、まだか、と騒ぐ花がある。

そう、桜の花だ。

まだ肌寒い初春の頃から、新聞、雑誌、テレビ、ラジオ、インターネットでも、桜、桜、桜の開花は、まだかまだかのオンパレード。

そんななかで、僕は一人寂しく「さるすべり」の開花を待っている。

まだらな樹皮に覆われた幹や枝は、見るからに寒そうな「さるすべり」

でも僕は、そんな裸の幹を、枝を、じ〜ッと毎日見つめている。

落葉樹だからなのだろうか、桜は咲いても「さるすべり」の枝には、葉っぱも芽も、なかなか顔を出してくれない。

ならばと、かぼそい幹に手を触れて、肌のぬくもりを伝えてやっても、ガンとして花はおろか、緑の葉っぱなど、出てくるわけもない。

春、夏、秋、冬、自然の力には、ものすごいエネルギーがあるものらしい。
　きまって桜の花が、道のあちこちに散らばり始める頃になると、
お待ちどおさま。
「さるすべり」のちっちゃな枝に、１～２ミリほどの芽が、ポチポチとつきはじめてくる。
　こうした発芽も「さるすべり」の植物的特性なのだろうか。
　一度にどっと芽を出し、緑の葉っぱをつけるようなことはしない。
　毎日、毎日、少しずつ芽を出し、ちっちゃな葉っぱが開いてくる。
　桜のように、パッと咲いてパッと散るような芸当は、どうやら「さるすべり」には出来ないらしい。
　木の枝全体に緑の葉っぱがつくには、約１ヶ月。
　そろそろ花が咲いても、なんて思っても、この「さるすべり」の木は、強情だ。
　それから１ヶ月、いや２ヶ月ぐらいたったある初夏の朝、突然、朱や、ピンクの花が、枝の先に１つか２つ咲き始める。
　やったあ、今年も「さるすべりの花」が咲いたぞ、咲け、咲けと、いくらけしかけても、ゆっくり、１つずつ咲いていく。

僕の家は、東京の世田谷だからなのだろうか、とにかく、うちの「さるすべり」の花は、ゆっくり咲いていく。

5月、6月、7月と、初夏から真夏になっても、まだ花びら一つ落とさずに、咲き続けていく。こんな「さるすべりの花」を見ながら、いつしか、僕の人生も、こうありたいなと思うようになった。

いわば、1本の「さるすべり」の木が教えてくれた♪マイウエイ。

フランク・シナトラも唄っていた。

＜ And now the end is near.///The record shows I took the blows ///And did it my way///my way ＞

他人様に迷惑をかけずに、細く長くじゃつまらない。太く長く己の道を生きていきたい、あの「さるすべりの花」のように・・・。

サルスベリの花

加藤 一

「COMMENCEMENT」（シルクスクリーン）

アンドレ・ブラジリエ

「森を駆ける馬」（油彩）

表紙画／吉岡耕二「ベニス」

　このエッセイ集は、そんな「さるすべり男」の物語り。お閑の折りにでも、お目通し頂ければ幸いです。

サルスベリ（百日紅＝ヒャクジツコウ、Lagerstroemia indica）

ミソハギ科の落葉中高木で、夏を代表する花木のひとつ。
花の色は紅の濃淡または白、花弁は６枚で縮れている。
幹の成長に伴って古い樹皮が剥がれ落ち、新しくすべすべした樹皮が表面に現れる。
そのため猿が登ろうとしても滑ってしまう、というのが名前の由来とされている。
原産地は中国で、７月頃から10月頃まで長い間途絶えることなく紅色の花が咲くことから、漢名は百日紅。

CONTENTS

Chapter 1 Ocean

☆船友　斎藤幸伸さんの大冒険
☆海は広いな大きいな・・・
☆海が教えてくれたラブストーリー
☆まだヨットに乗ってるの?

船友　斎藤幸伸さんの大冒険

ヨット乗りといっても、いろんな人達がいる。

わがシーボニアヨットクラブにも、フネにも乗らず、理事会などのお集まりにしか出て来ないセーラーもいれば、それこそ、春、夏、秋、冬。一年中やってくる人もいる。

僕は、毎週末には、ヨットの中で過ごすのが好きで、いわばウイークエンドセーラー。

土曜日の午後７時頃から、翌日曜日いっぱい、ヨットの中で好き放題？

土曜の夜は、決まってラジオを聴いている。

「オトナのJAZZ TIME」。もう２５年以上も、僕がＤＪをしているから、耳を澄ませて、自分の声を、相棒の田中阿里耶（アリヤ）君とのかけあいを聴いている。テーマ曲の＜サイ・オリバーのオーパス・ワン＞が流れると、今でも緊張する。

お決まりのセリフ「皆様、今晩は・・・・」が、いまだにうまく言えないのだ。

だいいち、三浦半島の先っぽ、油壺にあるヨットクラブ。その水面に浮かんだヨットの中では、中波ラジオの電波は、聴こえづらいから、苦労したものだった。

ラジオ受信機のアンテナを伸ばしてみたり、縮めたりと、一汗も二汗もかいたが、結果は駄目だった。

そんな苦労の十数年が過ぎた頃、ＩＴ機器に詳しい友人から「radiko（ラジコ）」の話を聞き、さっそく試してみた。

しかけは、iPadや携帯にラジコのアプリを入れ、その時間になると、フィンガータッチ。

勿論、パソコンの音は、音楽番組を聴くには貧相だから、Wi-Fi（ワイファイ）スピーカーのスイッチ、ポン。

それまでの苦労がウソのように消え去り、まるで、スタジオにいるかのようなハイファイ音で聴けるようになったから、技術の進歩には、驚かされたものだった。

ことに、ワイヤレススピーカー「BOSE·ボーズ」は、凄い。

どこにでも、持ち運べる。ヨットのキャビンでも、デッキの上でも、クリアーな音が聴けるから凄い。

さて、斎藤幸伸さんのこと。

彼は、海のない群馬県人である。年の頃は、そろそろ６０才。アクロス号というヨットのオーナー船長。

いつの頃からか、よく僕のヨットに来てくれるようになって、この老いぼれ船長のかわりに、舵を握ってくれるようになった。えらく、酒の強い人で、僕のヨットの酒蔵？には、洋酒がいっぱい。

酒に弱い僕には分からないが、その酒蔵には、やれレミー何とかやらシーバス何とかやらが、いっぱい。

だが、いくら酒を飲んでも、酔ったフリなんか見せたこともない酒豪だ。

この斎藤さんと、たあいもない話を何時間もしているうちに、きっと僕が喋ったのだろう。

若き日の「北極探検」の大冒険。（１９７８年）

真冬の北極圏の海で、著者（1978年）

あの冒険家、堀江謙一さんにそそのかされて、ただついて行っただけのことだったが。

この斎藤さんに、こんなことを言ったらしい。

「斎藤さんね、男は一度、命をかけた冒険をしなきゃ、男になれないよ」

先月、この斎藤さんが、突然、彼のヨットで広島まで行くと言い出した。唖然とは、こういうときに使う言葉だろう。そこにいたみんながアッと驚いた。

そのわけは、彼のヨット（エタップ28／ベルギー製）は全長２８フィートで、サイズは僕のヨットの半分。

しかも、クルーと2人で、行くという。

ヨットに、あまり詳しくない方々にはお分かりにならないかもしれないが、三浦、下田、串本、淡路、広島まで約５００海里（約９２５キロ）、常識では考えられないロングクルージングだ。

それより何より、あの小さなヨットで行くなんて、無謀に近い大冒険。

彼の計画では、下田から串本まで、まる2日。５０時間も走っていくという。小さいヨットは、ちょっとした波や汐でピッチング（上下）はおろか、ローリング（横揺れ）もするから、若いセーラーでも、身体も精神もずたずたになるのは、当然のこと。

みんなが「無理だから、止めたら」と言ったものの、彼のひと言。

「いやあ、うちの奥さんも同じ事を言ったけど、あなたは一度言い出したら、やめない人だから、気をつけて、行ってらっしゃい」で、チョン。いよいよ出帆のときがやってきた。

９月１１日、午前６時。誰もいないヨットクラブには、僕のヨットの隣に、アクロス号が泊まっていた。

まだ日もあけきらぬ午前７時。アカと白に塗り分けられた２８フィートのアクロス号は、斎藤さんと助っ人クルーの桔梗敏行さんを乗せて、静かにうす闇の海に、消えていった。

小さな英雄アクロス号（エタップ 28 フイート）

このアクロス号は、小さいながらもサンドイッチ構造（２重構造）で出来ていて、ヨットメーカーの謳い文句は「不沈、沈まないヨット」だが、「気をつけて、行ってらっしゃい」と、桟橋の僕らが叫んだとき、うす闇の向こうから、中高年のしゃがれ声が聞こえてきた。
「ご心配なく、下田に着けば、田口須弥也君も乗ってくれますから…」
ここにいう田口君とは、まだ３０代の若者。東海大学を卒業後、一等航海士免許も持つ、頼りがいのある若いセーラーだ。
「そうだったのかあ～。彼にも、よろしく～。気をつけて！」
その答えを聞くまでの僕は、正直、（あんな小舟で、しかも中高年のおっさん２人が、大丈夫かなあ…？）などと、気をもんでいたから、この田口君同乗のニュースは、朗報だった。
（そうか、２人で下田まで行けば、田口君が乗ってくれて、紀州の串本までは３人で…）
僕のヨットのキャビンの中で、みんなで大きな海図を広げて、シーボニアから広島までの航路を、確かめてみた。

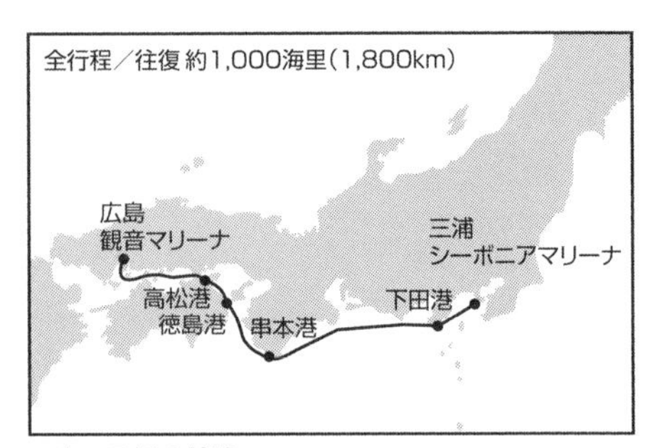

アクロス号の航路

（ウ～ン、えら

く遠いな。下田から紀伊半島の先端にある串本港へ。２００海里ということは、約３７０キロ。串本から四国の徳島まで、１００海里、１８５キロ。徳島から高松までが、２０海里、３７キロ。

途中には、あの渦潮の鳴門海峡を通過しなきゃならないし、うまく渡れたとしても、広島の弓削（ゆげ）島まで、６０海里、１１０キロ。

そして、レースの出発地、広島港まで、まだ５０海里、９０キロ以上もある。

僕らの心配をよそに、それから４０日後。

アクロス号は、無事にシーボニアマリーナに帰港した

大航海から帰港したアクロス号船長斎藤幸伸さん（左）と田口須弥也君

ことだった。
　出かけたときは、僕らシマ９世号の船長とボースンしかいなかった桟橋には、シーボニアヨットクラブのマリーナ・スタッフたちが、大きな花束をかかえてのお出迎え。
　４０日間の苦闘をよそに、斎藤船長も田口君も、そしてアクロス号も、晴れ晴れとした元気な姿を見せていた。その場に居合わせたみんなも、幸せそうに笑いあっていた。
　旬日後、やっと斎藤船長と田口君に、「瀬戸内国際ヨットラリー」の話を聞かせて頂いた。
「いやあ〜、大変でした。今度の航海で僕らが学んだこと。それは、潮のすごさ。特に瀬戸内海では、鳴門の渦潮に限らず、あちこちで、潮がぶつかって来るんですよ。そりゃそうでしょ。鳴門海峡から潮がなだれ込んでくる、と同時に、反対側の豊予海峡からも入ってくるから、上げ潮、引き潮の干満差が、４メートルもあるんですよ。
　しかも、帰路で台風までやってきて、大変でした。
　あの歴史に名高い村上水軍が、『風を読むより、潮を読め』と言ってたことが、よく分かりました。それから、何といっても凄かったのは、大王崎の８時間。行きも帰りも、飲まず食わず、眠らずの８時間は、厳しかったものです」
　淡々と話す斎藤さんの顔は、もうわれらがヨットクラブの英雄、ヒーロー誕生のようだった。

（万歳！斎藤さん、田口君、そしてアクロス号。もうこれから、あのヨットを小さなヨットだ、なんて言わないからね）

夕暮れ近く、陸に上げられたアクロス号を、斎藤さんが、一人で、いとおしそうに洗っていた。

「海・その愛」

海に抱かれて　男ならば
たとえ破れても　もえる夢を持とう
海に抱かれて　男ならば
たとえ独りでも　星をよみながら
波の上を　行こう
海よ俺の海よ　大きなその愛よ
男の想いを　その胸に抱きとめて
あしたの希望を
俺たちに　くれるのだ

海の男の代名詞、加山雄三さんのヒット曲！
作詞は僕の叔母、故岩谷時子である。

海は広いな大きいな…

鹿児島県熊毛郡種子島といえば、たいがいの人は「ああ、あのポルトガル銃の伝来地ね」とか「ロケット基地のある島だろ」と答えてくれる。若い人達は「サーフィンのメッカ」とか「種子島ハーフマラソンに行ったよ」とか、そのイメージは、ひとそれぞれ。

僕にとっては、種子島は父祖の地。何といっても、ひい爺さんひい婆さん達が住んでいた故郷。

今は、鹿児島霧島空港からターボプロップで、1時間足らず。鹿児島市内の港からフェリーで1時間半。

風光明媚な薩摩半島や大隅半島を見ながらの旅である。

空から海からあの雄大な桜島の噴煙や錦江湾の景色を楽しみながら、薩摩富士を右手に、もうそこは東シナ海。やがて右手に、屋久島を眺めつつ、島の中央に位置する種子島空港へ。

ここ種子島は屋久島と違って、高い山などない真っ平らな島。

だから、有史以来、ここに住む人達は、ほとんどが半農半漁の生活をしてきた、いや生活が出来る豊かな島である。

あの食糧危機の戦時にあって、食べ物に困らなかった唯一の国土ともいわれているから、もともと地味豊かな土地柄なんだろう。

桜島霧島の火山が生んだシラス台地の鹿児島県の中で、ここ種子島には水田があり、しかも２毛作。

広田遺跡。３世紀から７世紀頃にかけての集団墓地

気候は温暖。東シナ海から吹き込む海の風が、ミネラル分を果断に吹き込んでくれるから、安納芋やサトウキビ、タンカン、ポンカン、近頃では、マンゴー、パッションフルーツなどの果物も美味しい。それにもまして目の前に広がる東シナ海は魚の宝庫、真冬でも、トビウオ、たこ、きびなご、トコブシなどがとれる。

時は明治１０年（１８７７年）。あの薩摩の英雄西郷隆盛翁が、城山で自刃されたとき。祖父は１７才の少年だった。

種子島最南端の村、茎永に生を受け、島崎甚介の次男として、暮らしていた。

燦々と照りつける太陽の下、半農半漁の穏やかな日常だったに違いない。

そんな少年の耳に、突然、カンカンカンとなり響く半鐘の音と村人達のかん高い声。

「前之浜に、前之浜に…」

何があったのか、考える前に少年の足は、茎永から前

之浜に走り出していた。

今でも、このあたりは一面のサトウキビ畑。ほどなくたどりついた前之浜の海岸は、遠浅でマリーンブルーの海が広がる景勝地だ。

その広大な白い海岸で、少年が見たものは、奇っ怪な黒い塊。巨大な黒船と紅毛碧眼の船人達だった。

『彦次郎少年の密航奇譚』桑畑正樹著・K＆Kプレス刊

「黒船襲来」この船との出会いと密航が、祖父を大海原へ、海外へと、彼の人生を左右することになったのは、いうまでもない。

そんな祖父だったから、父は海が嫌い、船が嫌いだった。「俺はね、小学校も、中学校も、高校も、大学も一人で行ったんだ。親父は海外勤務の船長、ほとんど家には居なかったんだ」

そんな僕は、やっぱり隔世遺伝なのだろうか。

海や船が大好きだ。

やっと自分のヨットがもてて以来、もうかれこれ４０年以上もの間、前之浜ならぬ三浦半島のシーボニアヨットクラブから、相模湾を行ったり来たり。僕は、あの祖父が大好きである。

「海は広いな大きいな…」

海が教えてくれたラブストーリー

先日、ヨットクラブのクルージング、つまり「秋の旅行会」が熱海で開かれ、神奈川県の三浦半島の港から静岡の熱海港まで、ヨットで行ってきた。

いつもの天気なら、たいがい4～5時間のセーリングで、遠くもなく、近くもない距離。

だが、この日は台風近しの相模湾だったから、不安だった。

それでも、出だしは風力7～8ノットの南風で、ちょっとしんどい程度の海。

目指す熱海は、コンパス角度で270度。

1～2時間走ったあたりから、あちこちに白波が立ち始め、ひょっとすると、今日の相模湾は荒れてくるかもと思ったのが、見事的中！

風速25～30ノット。こうなると、さしものヨットもピッチング＆ローリング（上に下に、左に、右に、大揺れ状態のこと）

そんなとき、ヨット乗り達が考えていることは、みな同じ。

一刻も早く、目的地である熱海港に着きた～い。

幸い、この日は、仲間達のヨットも10隻近く、前に、後ろに、右に、左にいたから、人間って面白い。

荒れ始めた海と風におびえながらも、競争心理が働いたのだろうか。

怖さも忘れて、それいけドンドン。

だが、ヨットは風向きに左右される乗り物だから、目的地目指して一目散には走れない。

いつのまにか、お仲間達のヨットは、強風に流され、荒波に打たれて、ちりちりばらばら、視界の外へ。

こうなると、しぶきにあおられたわがヨットは、孤独の世界へ。

眼に入ってくるものといえば、波高４～５メートルもあろうかという白波と、うなりをあげておそってくる強風だけ。

みんな黙りこんで、やたら恐怖心だけがデッキの上で、おおあぐら。

たまたまこの日は、ゲストにヨット初体験のレディース２人が参加していて下さっていたから、助かった。そ

ホームポート　シーボニアヨットクラブ

のうちの１人が船酔いだろう。「ちょっと気分が・・・」となったから、そこはそれ男の子？

船尾でうずくまった彼女を、優しく、まめまめしく、男共が介抱しはじめたから、みんな恐怖心なんて、どこかへ忘れて、やれ水を持って来るやら、背中をさすってあげるやら、大忙し。

そんなこんなで、時が流れ、あんなに遠く感じていた熱海港は、もうすぐそこだった。

このクルージングを通じて、僕らが学んだもの。それは、自然の恐怖を前にした孤独な人間達と、それを克服せんとする人間の競争心と男と女の愛の美しさだった。

まだヨットに乗ってるの？

朝まだき、午前２時３０分の出航だった。

８月初旬の海とはいえ、まだ海は真っ暗。

ヨットに乗っているみんなが、やや緊張気味の船出だった。

目的地は、はるか伊豆七島は三宅島。

いつもなら、三浦半島の突端にある母港シーボニアから、遠くもなく、近くもない熱海沖の初島か、大島あたりがレギュラーコース。

だが、もうすぐ僕は８１才の誕生日。だから、キャプテンの僕もクルーのみんなも、きっと背伸びをしたかったのだろう。

思い切って、はるか遠くの三宅島まで６３海里、海図上の計算では、たっぷり１２時間はかかる大航海！

真っ暗な海を、３時間位は走っただろうか。だんだん明るくなってきた。

大海原の朝日は、まぶしいくらいに光って、そんな僕たちみんなを暖かく包みこんでくれた。

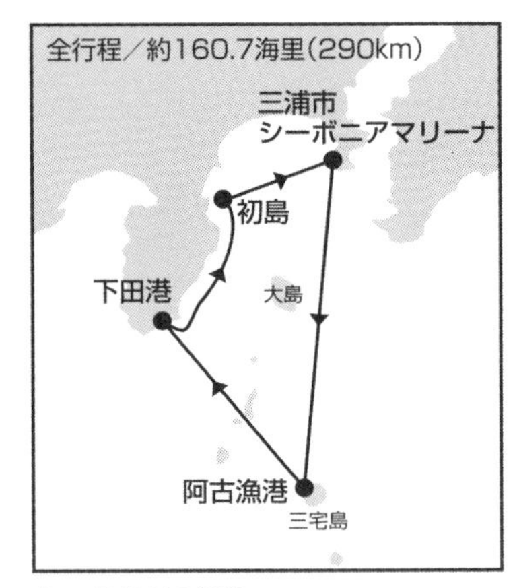

シマ９世号の航路

シマ９世号（オイスター 46 フイート）

「やっと夜が明けて、今日も良いお天気だね」と、言ってはみたものの、今回ばかりは、台風１１号、１２号に挟まれたロングクルージングだったから、キャプテンの僕の心は、複雑だった。

ヨットは風で走るもの。だが、台風の風は、風ではない。一昔前に同じ相模湾で嵐にまきこまれたときの悪夢が、よみがえってきた。

だが、人間という動物は、太陽の光にはめっぽう弱いものらしい。

幸い、この日の海は、台風どころか、まるで池の面のように静かだった。

「お〜い、風がないから機帆走で行こう」

ヤンマー４JH のエンジンが、こんなにも頼もしく思えたことはなかった。

２，５００回転で、巡航６〜７ノット。やっと、目的地の三宅島が見えてきた。

あの三宅島の噴火のときに、使われたのだろう阿古漁港は、格段に整備されて立派になっていた。
　台風に恐れをなしたのか。この港には、数隻の地元の漁船がいただけで、ヨットやボートは一隻もいなかったから、係留にも困ることはなかった。
　セカンドボースンの吉村雅樹君が連絡していてくれたのだろう、今夜の民宿のオヤジさんが、軽自動車で岸壁まで迎えに来てくれた。
　この阿古漁港にいるかぎり、あの噴火のとき、島中の人達が東京にフェリーで避難したなんて考えられないくらい、綺麗に整備された港から、ちっちゃな軽自動車に乗せられて、ものの１０分。
　山ひだの谷間のようなスペースに、楚々とした民宿「遊」は建っていた。
　家の周りには、ここが東京都三宅島かとは思えないほど、立派なソテツが待っていてくれて、鹿児島育ちの僕には、とても良い感じの民宿だった。
　早速、お風呂場に行って、塩にまみれた身体を洗おうと思って、蛇口をひねったら、水！
　でも、まだ噴火からそう長く経ってはいないのだからと、妙に得心をしつつ、何年ぶりかで水風呂をあび、備え付けのタオルもないから、足ふきマットで身体をゴシゴシ。
　ほどなく夜食の時間だ。
　まわりを海に囲まれた三宅島の夜食は、きせずして大嫌いな“タカベ”のご馳走？だった。
　何も言わずに、隣の横山ボースンに目配せ。そこは船長の特権を乱用。

彼の卵焼きと物々交換してもらった。ちなみに、彼はタカベが大好物らしくて、「美味しい、美味しい」を連発。2匹をペロリとたいらげていた。

翌日の朝は、早めの出航。台風襲来のニュースにせかされてのこと。

港のそばに、ポツンと一軒、お店らしき建物があって、例の吉村セカンドボースンなじみの「土屋食品」。この店で買った５００円のお弁当。これは、美味しかった。

三宅名物「のり弁当」。ギュウギュートつめたご飯の上に、ただ「三宅島の海苔」が、のっかっているだけなのに、めっぽう美味しかった。

これまで、海苔といえば黒いものと思っていたが、ここの海苔は、濃緑。

「お気に召して何よりです。この濃緑の海苔は、今朝、三宅島の海岸でとれたものなんですよ。

だから、この塩味は海の味。ヨット乗りの中には、この海苔弁当が食べたくて、わざわざ三宅島までくる人もいるんですよ」とは、三宅島通のボースンの講釈。本当に美味しかった。

この日も、予想に反して、風力ゼロ。ヤンマーエンジンをかけて、急ぎ下田港へ１０時間。

いつもなら、右手に新島を見てトローリングなどするのだが、このときばかりは、急ぎ足だから釣り道具を出すゆとりもなく、一目散に下田へ、下田へ、の一日だった。台風襲来か、の情報に追われるように、ヨットは新島、利島を右に見て、一路下田へ。
　こんなときのヨット乗りの心地は、経験のない方々にはお分かり頂けないかもしれないが、とてもスリリング。計算上は、三宅島から下田まで、機帆走で１０時間。
　だから、その１０時間の間、お天気とにらめっこだ。利島を過ぎて、前方にうっすらと伊豆の山々が見えてきた。
　それまで、不思議なくらい吹かなかった風が、伊豆山おろしか、５ノットぐらい吹いてきた。
　いつもなら、この風で、ヨットは、帆走６ノット、快適に走れる。
　波も穏やかだったし、メインセールを上げ、ジブも全開。
　最高のセーリング日和がやってきたのだった。
　うねりもない伊豆沖の海をいちずに、ヨットは下田港めざして、いけ、いけ、ドンドン。
　いつもなら、これこそヨット天国！
　だが、この日は、台風前夜？とあって、とにかく１秒でも速く港に入りたかった。
　おなじみの下田港のブイや堤防をくぐりぬけると、右手に、細長い下田ボートサービスの柿崎桟橋が見えてきた。
「着いた、着いたぞ、下田に着いたぞ」それまでの不安が、安心にかわって、僕もみんなもホッとしたのだろう。
　顔がほころび、饒舌になった。

栈橋のクリートに、ヨットをしっかり固定したら、まずは、ここのボス。
下田ボートサービスの伊藤秀利さんご夫妻に、ご挨拶。ほぼ1年ぶりのご対面だが、何だかとても懐かしかった。
「いやあ、久しぶりですね。お元気そうで、何よりです」
この伊藤さんとは、僕が、ボートやヨットに乗り始めて何十年もの間、お世話になった旧知の間柄。
手土産に持っていった「マルタイラーメン」を1パックプレゼント。
しばし、よもやま話に花がさいたことだった。
下田に来たんだからと、例の吉村君にさそわれて、伊藤さんからお借りした軽自動車に6人乗って30分。
見るからにひなびた「金谷旅館」で、一風呂。ギシギシと木の廊下をわたって、吃驚。若い人達がいっぱいで、男女混浴。
もっと若いときに来れば、目の保養にもなったのだろうが、もはや手遅れ？
そそくさと、クルーに背中をこすってもらって、無事ご退散となった。
みんなと山中のイタリアンの店に行って、その日は、ヨットの中でぐっすり熟睡。
明日は、僕の誕生日。下田から初島まで、おおよそ6時間の航海が待っている。
初島には、立派なハーバーとホテルがあるから、何の心配も無いし、沖縄から、孫娘と小学校5年生のひ孫もやってくるから、ひい爺さん船長は、幸せ者である。

この日の海も、何故かうねりもなく、伊豆の山々を左手に見ながら、帆走6時間。
無事に、初島到着。正直ホッとしたことであった。
ここ何年か、僕はここ初島で、誕生日をしてもらっている。
してもらっていると書いたのは、この日のホテル宿泊費からパーティー費用まで、すべてが家内のおごり、つまりへそくり。
そのせいか、いつもはなかなか集まらない孫娘やひ孫までが、原発避難?先の沖縄から、飛行機に乗ってやってくる。
今年は、出来ちゃった結婚60年のひい爺さん、ひい婆さんが主役だからか、すっかり沖縄っ子になった小学5年生のひ孫も嬉しそうだった。
初島といえば、下田からの6時間は、ひやひやの旅だった。
その原因は、ヨットの水漏れ騒ぎ。
船底に水が溜まったウォーニングランプが点きっぱなしで、大騒ぎ。
それはそうだろう。船底に穴でも開いていたら、一巻の終わり。
こうなると、キャプテンもクルーも総出で、水漏れの穴を見つけて、ふさがないことには、初島はおろか、全員海底の藻屑。
クルージング中は、誰も入らないキャビンのベンチやマット、船底の床板までをはがして、水漏れの大捜索。

かれこれ、1時間も探したであろうか。
横山ボースンが、雄叫びの声！を張り上げ、叫んだ。
「あった、あったぞ、水漏れの穴！」
こういうときのボースンは、頼りになる、いや、なるどころか命の恩人だった。
クッションの裏に直径3cm程のプラスチックのホースがむき出しになっていた。
そこから水がボタボタ。
みんな（船底に穴が開いて無くてよかった・・・）と胸をなで下ろした瞬間だった。
このホース。いつもなら清水タンクから、前方のトイレに給水するためにひいてあった給水ホース。
経年劣化だろうか、ホースが腐って水が漏れていたのだった。
「船底に穴が開いて無くて、良かった。助かったぞ」
みんなが、ホッとするまもなく、横山ボースンは修復に取りかかっていた。
「ホースのスペアーがないので、これで何とか・・・」といいながら、彼専用？の工具箱から、タイラップを取り出し、裂けたホースの穴

ボースン自作のタイラップホース？

をふさいでくれた。(タイラップとは、結束バンドのこと)
「もうすぐ初島ですから、あそこのメカニックに頼んで、きちんと直してもらいましょうね」
持つべきはこの横山君のようなボースン大活躍の一騒動だった。
ここ初島のバース（係留桟橋）は、しごく快適。ヨットが桟橋に着くとスタッフが舫いをとってくれて、無事ご到着。
早速、初島のメカニックに修理したホースを見せて、新品と交換。ものの１０分ぐらいで、いざ、ホテルへ。ホテルは島の高台だから、歩くのはつらい。
だが、そこが初島リゾートのいいところ。送迎バスがやってきてくれて、５分ほどでホテルにチェックイン。
電車や飛行機を乗り継いできてくれた、家内や孫娘、ひ孫ともご対面。

グランドエクシブ初島クラブ

夜のパーティーでは、ウチの家族も、クルー達も、みんな家族。

とても幸せな誕生日だった。

< Happy birthday dear boss ！ >

今日は、いよいよ母港シーボニアまで４時間。いまだにあらわれぬ台風情報に怯えながらのクルージング。

しかも、いつもは嫌がってヨットには乗らない孫娘やひ孫達も一緒。

幸い、台風の余波か、良い風、良い波にめぐまれて、無事、母港にご帰還。だが、いつも満杯のバースには、ボートもヨットも見当たらない。

それどころか、マリーナスタッフが舫いをとりにくる気配もないから、驚いた。

後から聞いた話では、もうすぐ台風が来るからと、よそのフネを陸に上げる作業で忙しかったとか。

それにしても、「みんなで、心配してたんですよ」と、あとから言われたときだけは、内心穏やかならざるものがあった。

かくして、シーボニアから９０海里、合計５日間の船旅は、終わった。

ヨットを桟橋にくくりつけ、シャワーを浴びて、レストランで夕食。

ここシーボニアレストランのメニューは、すこぶる簡単なもの。

定番のビーフカレーか、スパゲッティー。勿論、野菜サラダやとんかつ、三浦自慢のまぐろどんぶりもあるが、僕はきまって、サラダとカレーを頼む。
　そのわけは、身体に負担をかけず、美味しいからである。
　航海が終わって、こうしてみんなで食べる食事は、楽しいもの。
　ワイワイガヤガヤ、みんなが饒舌になって、よく食べる、よくしゃべる。
　この日の夕食の話題は、よくぞ台風に追いかけられながら、９０海里（約１６８キロ）を無事に走り切った感動と、ツキ。
　誰が、ツキ男かツキ女かで微笑みの談笑は、つきることもなく終わった。
「今度は、鹿児島か沖縄まで、行きたいものですね。ハワイだって行けるかもしれませんよ」
　ちょっとした、ロングクルージングを終えて、みんな、いっぱしのベテランセーラー気どり。
　良い航海だった。

Chapter ❷ Life

ジョンブル魂のあれこれ

アストンマーチンなんて言ったって、ご存知ない方が多いかもしれないが、英国のれっきとしたスポーツカーだ。
＜ ASTON MARTIN ＞

生まれながらに足がのろくて、小学校時代から劣等感に悩まされた僕。

だから、こののろまな足にかわって、誰よりも速く走れる車が欲しかった。

だが、まだモータリゼーションの黎明期。

車自体が珍しい時代だったから、到底その夢は叶わず、親父にせがんで買ってもらった最初の車は、中古車の「オオタ号」。今の人には考えられないかもしれないが、ボディは、ベニヤ板で、雨など降ろうものなら、床もドアも、大きくふくれあがって、大変だった。走りは、ノロノロ、お世辞にも速い車ではなかったが、周りの人は、歩くか、自転車。

だから、僕の足？は速かった。大手町のＳ新聞社まで、自宅のあった巣鴨から３０分。

ろくな信号機も、駐車禁止の立て札も無かったから、いつも出社第１号。

「お早う、速いね。君の名前は？」などと、出社第２号のＭ社長に褒められて、早起きは三文の得ではなくて、速駈けは三文の得だった。

ほどなく、有楽町にあったラジオ局Ｔ社（現ＴＢＳ）

マイカー第一号のオオタ号

に転職。やや派手な放送局だから、車も、転々と変わっていった。トヨペットから、いすゞ製のヒルマンそして英国製のシンガーガゼル、ローバーにも乗った。

このころから、局内では、いわば自動車通のイメージが高じて、この放送局の「自動車同好会」の会長にまつりあげられてしまったから、こののろま足の会長は、頭に血がのぼっていたのだろう。

何と＜ ASTON MARTIN ＞の新車を注文してしまった。たまたま、この車のディーラーのひげを蓄えた英国人社長 H 氏が隣組で、うちの犬を彼の愛犬が噛んだのが、きっかけだった。

「島崎さんね、そんなに速い車が欲しいんだったら、アストンマーチンですよ。英国では、常識ですよ」と、そそのかされての商談だった。

かくして、僕はアストンマーチン第１号車のオーナー。誰も見たこともない生粋のスポーツカーだったから、とても速い車。得意げに、町中を走り回るまでは良かった。だが、日本の道路は、せまくて、高速でとばせる高速道路なんてなかったから、この速い車は、すぐオーバーヒート！１年３６５日のうち、工場に２００日は、お蔵入りになる始末。

あの銀座の並木通のお姉様達にも、随分可愛がられたものだった。

小さい頃から、祖父や父から聞いていた英国に行きたくなって、その筋の英国製の自動車雑誌を斜め読み。

どうやらこの車の持ち主達が作っている同好会があるのを知ったから、いてもたってても居られなくなって、下手な英語で手紙を書いた。

「私は、日本でただ１人、アストンマーチンを持っている男です。この機会に、貴アストンマーチンオーナーズクラブに入会したいのですが…」こんな入会申し込みを受けて、あのスノビッシュな英国人達は、驚いたに違いない。

すぐ、返信が来て「入りたいなら、英国に来い」だった。

「いいか、英国は今でも階級社会、よくも悪くも勘違いするな。住む場所も、乗る車も、洋服屋も、レストランも、みんな決まっているんだ」英国留学の経験がある父のアドバイスを胸に、家内と２人ででかけたものだった。

ロンドン中央部にある英国風レストランの一室に、クラブのお偉方達が数人集まっていた。着くなり、Ｂ／Ｗの写真帳をめくりながら、そのクラブメンバーが、僕らに言ったことは、強烈なものだった。

「この写真はね、あの忌まわしい第２次大戦のとき、ビルマで撮られたものなんだ。

そう、うちの親父は日本軍の捕虜。食べるものもなくて、まるで生ける骸骨。こんな残虐行為をした日本人を、うちのクラブに入れる、入ろうなんて…！」

「君が、アストンを買って、クラブに入りたいなんて、虫がよすぎる。君たち日本人は、人間じゃなくて、極東の猿。入会は諦めて、帰るんだな」こんなネガティブな会話から始まった入会審査。

今の人達には、とうてい想像もできないだろう面接だった。

そんなこんなで、何年かの年月がたったある日のこと。

クラブのアラン・アーチャーさんから、１通の手紙が送られてきた。その文面には、こんなことが書いてあった。

「君の入会を認めることになりました。もし、よければもう１度英国に来てほしい」

それまで（言うに事

アストンマーチン　ル・マン：1933 年製

日本初のアストンマーチン　DB6

欠いて、ファーイースタンモンキー／東洋の猿だなんて、あん畜生め！）
と、憎悪に似た感情を抑えきれなかった僕は、また夫婦２人で英国へ。

後から聞いた話では、僕の入会を認めたクラブ理事のアラン・アーチャーさんとデービッド・ホランドさん達は、僕の入会と引き換えに、クラブ理事の職を辞したとか。このお２人の英国人理事こそ、その後のアストンマーチンオーナーズクラブ／ジャパンの生みの親、恩人である。（略称 AMOC ／ J）

ありがとうアランさん、デービッドさん。おかげさまで、この日本にも、アストンマーチンオーナーズクラブ／ジャパンが出来ました。

もうかれこれ４０年、僕は東洋人初のライフメンバーとなった。
（注、ライフメンバーとは、年会費免除の永久会員のこと）

このクラブライフで、多くの英国人メンバーや家族の人たちから教えてもらったこと。

つまり、速く走るアストンマーチン車の持ち主達が、心得ておかなければならない掟のようなもの。その中のいくつかをご紹介させて頂くと、こんなことだった。
（１）アストンのような車を持つということは、君がユトリのあるクラスに属していることと自覚すべし。
（２）特に、アストンのクラシックバージョンに興味があるのなら、自分の生まれ年に作られた年式のアストンをコレクションの最後にすべし。いくら資金があっても、ホド

アストンマーチン　DB4 MK Ⅳ
Vantage,drophead（1962 年製）

を心得て行動すること。
（3）アストンマーチン車のオーナーは、ただレースやサーキットで、走り回るだけでは駄目。毎月、各地で開かれるミーティングやパーティーに、ペアーで出席し、友好を深めること。
（4）タキシードやドレスは、クラスの証明。嫌がらずに、出席すること。
（5）アストンマーチンオーナーズクラブは、れっきとした英国法にもとづいた株式会社。車メーカーのアストンマーチンラゴンダ社は、別法人。2社とも、仲良く、されど企業目的は別だから、きちんとケジメはつけておくこと。
（6）アストンマーチンは、命の長い車。だから、売買するのではなく、好きな車を、好きな人へ、禅譲すべし。
数えきれないほどのアストンマーチンエンスージアスト達の教え。その多くは、祖父や父が教えてくれた英国クラス社会独特のしばり。

英国の永い歴史や伝統の中から育くまれた、クラスの人々の日常にあるようだった。

いつだったか、長老のメンバーから、お誕生日のパーティーに呼ばれた。

場所は、シルバーストーンサーキット、誰もいないサーキットに、１９３３年式のクラシックアストンが一台。運転席に白髪のドライバーが、大英帝国旗をかかげて、「これから、僕の誕生日を記念して、時速８０キロで８０回、サーキットを走るんだ」

（エッ、彼は８０歳だったのか。それでも８０キロで８０回も…）

この長老メンバーは、ケロリとした顔つきで、８０回を回りきった。そんな誕生日を見ていた僕は、驚くというより、もはや感動の一語に尽きる人生のドラマ。

アストンマーチンオーナーズクラブメンバーのジョンブル魂を見せつけられた思いだった。

そんな男が、代表を勤めるアストンマーチンオーナーズクラブ／ジャパンは、２０１４年の秋ふかく、伊東の川奈ホテルで恒例のオータムミーティングを開催することとなった。００７の映画にあこがれて、やってくる若いメンバー達も多くなった。

これからのクラブライフが、楽しみな僕の日常である。

アストンマーチン　V8　Vantage / 550馬力 DOHC
ツインターボスーパーチャージャー

3人の絵描きさん達と僕

小さい頃から、僕はいろんな絵に囲まれて生きてきた。たまたま、父が戦前、S新聞社の企画室長をしていたからなのだろう、小さな杉並の家にも、いろんな絵描きさん達の絵が、所狭しと掛けられていた。当時は、まだテレビなどない時代だったから、よく、新聞社主催の美術展が開かれ、人々の耳目を集めていた。それこそ、日本画もあれば、洋画もあった。今にして思えば、そうそうたる大家の作品ばかり。 みんな、まだ若き絵描きさん達だった。

父は、そんな若い絵描きさん達の絵を、新聞や雑誌の表紙や挿絵に使っていた。そこで、使用済み？の絵が、家にごろごろしていたという次第。中には、かの伊東深水や小野竹喬、奥村土牛、岸田劉生、藤田嗣治、東郷青児など、今では、もはや手に入れることなど不可能な、大画伯達の作品もあった。

戦争が始まって、祖父のいる鹿児島の家に疎開。その家にも、堂本印象や池田遙邨、中川一政などの作品が飾ってあった。その頃の僕は、まだ小中学生。だから、絵を鑑賞したり、感動したことなど、一度もなかった。そんな僕でも、東京の家も鹿児島の家も戦災でまるごと焼け、飾ってあった絵もすべて無くなったときは、哀しかった。（みんな焼けてしまったのか、畜生アメリカの奴め…）と、恨んでみても、もう後の祭り。だが、みんなの頭の中には、燃えた絵の残像だけは残っていたらしい。世の中が落ち着いてくると、祖父も父も、夢をもう一度見たかったに違いない。燃え残った、同種の作品を、一点、また一点と集めはじめた。作家は同じでも、作品のテーマは別、だが、今再び我が家には絵が掛けられはじめ、何故か、この僕の心が落ち着いてきた或る日のこと、父が一人の絵描きさんを紹介してくれた、その人こそ、今は亡き加藤一画伯だった。まるで日本画のような油絵で、生涯テーマは、誕生の瞬間だという。

彼は、パリにアトリエを構え、＜サロン・ドートンヌ＞に日本人として初めて入選したという抽象画家。彼の絵を見た最初の印象は、（これが、油絵か？）と思わせるような繊細なタッチで、キャンバスの上に何かが描かれていた。それは、昔のお侍さんの鎧の裏地のように、地味で派手な絵だった。この絵が、あの競争の激しい＜サロン・ドートンヌ＞に入賞したのだから、きっと碧い目の審査員達には、エキゾチックに感じられたのだろう。

そんな出会いがあってから、ほとんど毎年、僕はパリのアトリエに加藤一さんを訪ね、いろんなことを教えて頂いた。とてつもなく高い天井には、競走用の自転車がかけられていて、ご趣味は自転車競技だとか。加藤さんは、笑いながら仰った。

「僕はね、趣味が自転車競技ですと言っただけで、芸術家ではないと言われ、パリに逃げ込んだんですよ。こっちの人は自転車競技は崇高なスポーツ、日本みたいに、自転車競技といえば、競輪だなんて、誰も言わないからね」

いまでこそ、自転車競技＝競輪だなんて、誰も言わないだろうが、その頃の日本は、まだまだ貧しかったに違いない、「競輪選手が描いた絵は、芸術ではない」なんて、畏れ入った話、時代だった。

時は流れて、そのパリから知り合いの道面雄次君が訪ねてきた。用件は、彼の仕事のこと。いつのまにか、彼はアンドーズという美術会社を経営し、もっぱら＜アンドレ・ブラジリエ＞の絵画を扱っているとか。当時は、銀座の大手ギャラリーが巾をきかせて、ブラジリエの作品はすべて、このギャラリーを通して、大手のデパート美術部やギャラリーにおろしていた。たまたま、彼も思うところがあったのだろう、彼単独で日本初の＜アンドレ・ブラジリエ＞展を開催。５０号の大作を売れ残してしまったから、さあ大変。当時はまだ＜アンドレ・ブラジリエ＞の名前も、美術愛好家の中に、さほど浸透していなかったから、「先輩、何とか・・・」となった次第。幸い、小社の壁面には、大きな絵が掛けられるホワイトスペースがあった。

ピンクの光がさしこむ緑の林の中を、何頭かの黒い馬が駆けていく。今や、お馴染みの＜アンドレ・ブラジリエ＞の代表作。絵の好きな方は、どうしてこんな絵が、こんな所に、と仰るが、友情がご縁のこの絵は、僕の自慢である。

自慢ついでにもう一人。吉岡耕二君。彼と会ったのは、

ブラジリエの絵（右）と若き日の吉岡耕二画伯

もう２０～３０年ほど前のことだった。
「島崎さん、あなたに紹介したい画家がいるんですよ。あなたの好きな綺麗な色使いをする絵描きさんで、まだ若いんだけど、渋谷の展示会に行ってみない？」
　渋谷の会場で、その絵描きさんと奥さんにお目にかかって、驚いた。絵もさることながら、この絵描きさんのイメージは、まるでテレビタレント、奥さんもお美しい方だったから、またまたびっくり。それまでの絵描きさんのイメージとは、全く違ってカッコよかった。
　＜ Mes Voyage de Couleurs ＞色彩の旅などというフランス語が、彼の絵の個性を会場いっぱいに物語っていた。テーマは、主に地中海沿岸の半具象画。それこそ、パレットから絵の具がキャンバスに飛び出してきたような、若々しい色使い。
　あとから聞いた話では、「いやあ、島崎さんとブラジリエさんの出会いは、そうだったのですか。僕も、あとから知って吃驚したのですが、あの<サロン・ドートンヌ>の審査会の記念写真帳を見て、あらためて偶然の必然ってあるんだなと、思いましたよ」その古ぼけた写真には、ブラジリエさんの「林の中を駆ける馬」の絵と、吉岡さんの「イスタンブール」の絵が、並んで写っていた。パリ→加藤一画伯→アンドレ・ブラジリエ画伯→吉岡耕二画伯。

僕の人生を彩る、３人の絵描きさん達の絵とともに、僕は今日も生きている。

C’est la vie ！

時計の話

ウチの両親も、祖父母も、あの戦争で家を焼かれた。焼かれたなんて、当たり前じゃないかと思われるかもしれないが、東京の家は勿論のこと、疎開先の鹿児島の家も３軒もとなると、どうだろうか。

何から何まで、アメリカ軍の空襲で焼かれてしまった。だから、祖父母や両親が亡くなったとき、戦前から家にあったものといえば、祖父が、明治天皇から頂いた、恩賜の銀時計だけ。

この時計は、当時、京大医学部の主席に与えられたものだそうで、アメリカ製のウオルサム。（明治４０年。１９０７年）

もう１０７年もたっているが、ときどきネジをまいて

戦火をくぐり抜けた祖父の銀時計

やると、いまだ現役。カチカチと音をたてて、時を刻んでくれている。きっと、あの祖父が戦争中も、肌身離さず持ち歩いていたのだろう。

その音を聞くたびに、鹿児島で疎開していたころの医者 宇野規矩治爺さんや静子婆さんを思い出す。

親父が、兵隊にとられて、この祖父母が親代わり。

さすが主席卒業生だけあって、何かにつけ厳しい祖父母だった。

ただ、そこは祖父母のこと、甘い時には、子ども心ながら、これでもか、これでもか、と甘えさせてくれた。たとえば、床屋さん。

僕が、まだ小学生だったからなのか、頭の毛が伸びてくると床屋さんの出前がやってきて、池の側でチョキチョキ。

庭の柿の実を取ろうとすると、家付きの使用人青蔵君をよんで「危ないから」と、木に登らせる。

不思議なことだが、広い池の掃除だけは、僕にやらせて、知らんぷり。

そんな祖父母には、小学校の３年間、中学３年間、合計６年もお世話になった。

その頃の、想い出から生まれたコピーが、伊藤園の「お〜い、お茶」

人間の幼児体験ほど恐ろしいモノはない。

さて、話を時計にもどして、もう１つの時計は、ロンジンである。

戦後、電通の役員をしていた父（千里）は、なぜか「ロンジン」が好きだった。
僕も、一応赤坂在のT放送局につとめていたから、ロンジンなんかより、「ローレックス」や「オメガ」「パテック」なども欲しかったが、自前のサラリーで最初に買ったのは、やっぱり「ロンジン」だった。
サラリーマン時代には、よく友人達から「どうして、ロンジンなの？」
と聞かれもしたが、勿論、ノーアンサー。他人様に言うほどの訳など、あろうはずもないのだが、僕には分かっていた。
この時計フェチぶりに、一番最初に気づいたのは、やはり家内。
海外に出かけたときなんか、イの一番にウインドウショッピングをするのは、きまって時計屋さん。
近頃では、日経新聞の特別広告チラシが出ると、机の上にドン。
「あなたの好きそうなモノ、載ってるわよ」と、冷やかされるほどになった。
ただ、今困っているのは、何本もある腕時計は、すべて手巻きのアナログ時計。
時計をデザインで選ぶとアナログの手巻きは、当たり前なのだが、パソコンをやり始めてからは、いわゆる通販モノにも目が奪われがち。
何といっても、電池時計。いちいち巻かなくても良いし、時間も正確。
しかも、値段も超安いから、ついつい誘惑に負けて買ってしまう。

この前なんかも、2,000円で電池時計を買ったら、すごくいい。

しめしめと、1〜2ヶ月したら、突然、ストップ。ならばと、町の時計屋に行ったら、「こんな時計、修理費の方が高くつくから・・・」でポイ。ゴミとなった。

今日は、ロータリー。だから、ネジを巻き巻き、何故かアナログ時計でお出まし。

世の中変わったが、変わらないのが、僕の腕時計である。

かものはしプロジェクト

僕は、東京南ロータリークラブの会員である。ロータリー歴は、かれこれ２５年。

かかりつけのお医者さんがロータリーの古い会員で「一緒にやりましょうよ」ということで入会。

最初の頃は、何が何だか分からないうちに、キャリヤーだけは年を取り、今ではシニア会員扱いされるようになった。毎週木曜日の昼、１２時半から１３時半まで、東京會舘の美味しい昼食と、３０分の講話を聞くのだが、やはり、ロータリー。とても役に立つ話がきけて、ためになることが多い。

いつだったか、まだお若くおきれいな女性講師が、１００人もの男性会員の前で話されたこと。

（注・いつまで続けられるのか、疑問だが・・・。このクラブは伝統的に男性会員オンリー？　）

この女性講師の話は、凄かった、思わず涙が出てきた、何か僕にも出来ることはないかと考えさせられたほど、言葉に説得力があった。

特定非営利活動（ＮＰＯ）法人「かものはしプロジェクト」の創案者、村田早耶香君。まだ、３０才になったばかり。

前に居並ぶ我々男性会員は平均年齢６７～８才だから、ちょうどみんなの孫ぐらいの女の子？

彼女は言った「こんな話をしている今、３万円で売春

村田早耶香さん
（かものはしプロジェクト共同代表）

宿に売られ、エイズをうつされているカンボジアの少女達がいるんです。どうか、彼女たちを一人でもいいから、皆様のお力で、救ってあげてください。病気を治してあげてください。

元気になったら、勉強を、仕事を教えてあげてください…」

そこにいるロータリアンみんなが、こんな凄い若者がいることを知らなかったのだろう。

３０分の講演があっというまに過ぎ、閉会の鐘が鳴っても、誰一人、席を立とうともしなかったほどだった。

ロータリー歴２５年もの間、１年５２回の例会で、僕が頭の中にたたき込まれていたはずのロータリースピリッツ＜世界の平和と社会奉仕＞のスローガンが、色あせて感じられたほど、彼女の一言、一言には、行動や実践にうらうちされた崇高な人間の魂がこめられていた。彼女の話によると、彼女が、この運動を始めたのは、いまから１０年ほど前。

まだ、横浜のフェリス女学院大学の２年生だったという。２年生ということは２０才。「ＮＧＯのスタディツアーでタイやカンボジアに行ったんです。そのとき、そこで私が見たもの。それは、家が貧しくて、売春宿に売られていく少女達の姿でした。しかも、たった２～３万円で売られていくのですから、私のように、親のおかげで大学に通えていること自体、なにか悪いことをしているみたいに、罪悪感を感じたものでした。一緒に行った仲間達も、みんな同じ気持ちだったと思います。」

（たった3万円で、女の子が・・・）

同じアジア圏に住む人間として、親として、僕はいたたまれないと同時に、何かしなければという慚愧の気持ちにおそわれたことでした。

（僕のひ孫も女の子だし、小学校５年生。もし彼女がカンボジアで生まれていたら・・・）身の毛もよだつ鮮烈な話だった。

彼女達の活動は、その後、じょじょに実をむすび、１０年経った今では、その少女達が、立派な社会人として生きていけるようなスキルも身につけられるようになったとか。

いずれにしても、この若き「かものはしプロジェクト」のリーダーは、生まれながらの立派なロータリアン！

＜世界の平和と社会奉仕＞の実践者だった。

「一カ月一万円のご寄付で、あなたは、年間３〜４人の女の子を助けることが出来るんですよ」

彼女のまなざしは、マリア様のように、清らしく耀いていた。

村田 早耶香

認定 NPO 法人「かものはしプロジェクト」共同代表。

２００２年「かものはしプロジェクト」を設立。カンボジアの貧困女性に対する雑貨工房運営やカンボジア警察支援などを通じ、子どもが売られる問題の解決に向け、１２年間活動し続けている。

現在人身売買の問題が深刻化しているインドにも活動の幅を拡げている。

「かものはしプロジェクト」への寄付は
ＴＥＬ 03-6277-2419 または
ＨＰ（http://www.kamonohashi-project.net/）
へお問い合わせください。

いつものように

もう２５～６年にもなるだろうか。

僕は、東京南ロータリークラブの会員になった。

推薦者は、主治医の M 先生と、電通のコピーライター K 先生。

いいか、ロータリーでは、誰に何を言われても、新入りは、ただ「ハイ」と返事をすればいいんだ。

「ハイ」だよ「ハイ」。

ロータリーのことなど、何にも分からなかったこの新入りは、ただ「ハイ」と答えるだけ。

入会するやいなや、すぐに「イニシエイションスピーチ / 自己紹介のようなもの」をやれと言われ、ただ「ハイ」と、ステージの上に。

１５分の持ち時間厳守で、何をどう喋ったか分からなかったが、これで、新人の禊ぎ？が終わったかのようなものだった。

ただ、とても疲れたことだけは、２５～６年経った今でも鮮明に覚えている。

その禊ぎの儀式？が済むやいなや、今度は「理事」をやれ！

「え？は、ハイ」と驚く間もなく、理事会に出席。

クラブの古参会員２０人あまりが大集合されていた。

「君も何か、意見を言い給え」と言われて、素直に「ハイ」。

そこで、こんなことを言ってしまった。
（１）このクラブには、どうして女性会員の方が一人もおられないのですか？
（２）どうしていつも、ダークスーツに白いワイシャツとネクタイなんですか？

一瞬、座がしらけたように思ったが、もはや後の祭り。長老の一人が、重い口を開いて仰った。

「それはね、このクラブの永い歴史と伝統の中から…」その時まで、僕は、このクラブが日本で２番目に古く、伝統と格式を重んじる老舗クラブ（女人禁制の Mens only）だという認識が、まったくなかった。

こんなサプライズから２５～６年の時があっというまに過ぎていった、
（１）の女性会員入会の提案は、いまだに、ゼロ回答。

だが、このクラブの良いところは、その古き格式と伝統の中にも、初代会長故金森徳次郎先生の教え<リベラリズム>の理想が、創立６４年たった２０１４年にも、脈々とひきつがれていること。
（２）の色シャツ着用やノーネクタイは、後に、暑い6、7、8、9月に限って、正式に着用の許可が正式に議決された。

ロータリークラブのお付き合いの中で、僕が学んだこと。

それは、毎週木曜日昼１２時半から１時間、東京會舘の美味しい食事をはさみながら、いろんなエキスパートにお会い出来ることだ。

このロータリークラブは、総勢２３０名。

それも、各界各層のリーダーの方々と、ひざをつきあわせて、気楽に話ができること。

例えば、小著「アッという間に、消えちゃった」という本を書き始めたときなどは、中身が、病気や、医療や、先進医療の放射線治療のことなど、触れないわけには、書けないシロモノ。

それに加えて、医学の知識も、経験もない素人患者が、「医学書」の著述？を。

それも先進医療の重粒子線治療の本だから、医学用語に加えて物理学用語までが必要になる。

七転八倒の思いで書き上げた粗稿を、さっそく、会員のＮ会員に読んで頂いた。

ご本業が、お医者さんだから、あのめんどくさい粗稿の校正作業。いとも手軽にボランティアーでやって下さった。

おかげさまで、僕のつたない小著も、立派な「医学書」？になって、思いの外、ガン患者さん達や、ガン予備軍？の読者の方々には好評だった。

Ｎ会員。その節は、有り難うございました、２０１４年の今。

＜ロータリーに輝きを。LIGHT UP ROTARY ＞

今日もロータリーの例会で、また１人、新人が入ってきた。

Chapter ❸ Work

寅さん

僕が東京コピーライターズクラブ（略称・TCC）に入会して、随分と時間が過ぎてしまった。

このクラブに入会するためには、あらかじめ指示されたテーマにそって、コピーを書き、入選しないと入れない仕組みになっているから、その当時は、とても苦労したものだった。

あまたのプロライターの作品をおしのけての狭き門だ。

たまたま、仕事として書いたハナマルキ味噌の「お母さんシリーズ」や、伊藤園の「お～い、お茶シリーズ」が、大当たりしていたこともあって、それなりの自信はあった。だが、僕の過去には、東大を受けて見事に落第した苦い経験があるから、何であれ、落とされたくはなかった。

まだ、パソコンなんてない時代だから、原稿用紙に3Bの鉛筆なめなめ、さあて、何をどう書けばいいか、ない知恵を絞った結果が、「社会党のスローガン」だった。

多くのコピーライターが、自由民主党のコピーは書いてくるだろう。

でも、貧乏な社会党のコピーなんて書く奴はいないだろうなという目論みだった。

そのとき僕が書いたコピーは「ココで寅さん社会党」だった。

当時、社会党の総務局長だった高沢寅男さんが、社会党のプリンスならず、ピンチヒッターとして、東京５区から衆議院に立候補。この高沢さんは、東大を出てから、社会党の頭脳として、党の綱領やら、政策を立案していた剛の者。

だが、いざ選挙ともなると、からしきだらしがなかった。

そこで、選挙の前に、それなりに「今度の選挙。あの高沢さんが立候補するらしい」と、噂される位にはしておかなければ、当選などおぼつかない。

申すべくもないが、この国では、事前運動はきびしく禁止されているから、さあ、困った困った。

そこで、ジャンジャカジャーン。コピーライター様のお出ましだ。

「ココで」のココは、選挙法に触れないように、ココ。つまり東京５区と今度の衆議院選挙を、見る人に意識させ。「寅さん」とは、今までのお堅い高沢さんのイメージを、やわらかく表現したもの。

それまでの、選挙ポスターといえば、候補者の顔の写真ばかりだったが、この寅さんは、イラストを使用。

いわば、本邦初演？

お堅い本人以外には、大受けだった。

勿論、この新人候補はトップ当選をはたし、僕も嬉しかったものだった。

そのナマのポスターとコピーを、僕はコピーライターズクラブに提出。

晴れて、プロのコピーライターになれたというしだい。
「ココで寅さん社会党」は、僕の大切な出世作第１号となった。

これで東京コピーライターズクラブへ

コピーライター

僕の生業は、コピーライター。

コピーとは、商業文のことだから、コピーライターとは商業文作成者のこと。

商業とは、モノやサービスを売ることだから、難しい。概して、依頼主つまり広告主は、商業的文章やコメント（ラジオやテレビ用の文章）を書けない人が多いから、外部のコピーライターに頼んで書いてもらう。

当然の対価として、コピーライターは、お金、つまり対価を頂く。

多くの場合、広告主はわがままで、エゴイスティック。オリエンテーション（製品やサービスの説明）では、まるで、わが娘の七五三の写真を頼むかのように、饒舌で自己中心、まくしたてる。

そこで、共通の言葉として出てくる常用語は、「安い、うまい」の連呼。

そこで、小利口なコピーライターは、コピーの中に「安い、うまい」を連発させて、広告主を喜ばせる。

その結果は、広告主は喜べども、モノは売れず、すべての責任はコピーライターということになる。

いわずとしれず、コピーの対象者は、広告主ではなく、消費者なのである。

だから、プロのコピーライターは、広告文の依頼者である広告主と、まだ見ぬ多くの消費者を意識して、広告文を書く能力や才能を要求される、難しい商いである。
　ここで、僕の修業時代にコピーの先達から教わったことを箇条書きにしてみると、こんなことになる。
それは、コピーとは、
（1）なるべく平易な語彙を使って文章を書くこと
（2）いささかの誇張や美化はいいが、ウソは書くな
（3）まわりの空気に爪をたてて、広告主や消費者を煽情、
　　挑発すること。
　この国には、何故か白い車が多い。この特異な現象をつくったのは、わが偉大なライバルで、僕のコピーライティングの師、今は亡き電通の近藤朔さんである。彼のコピー「白いクラウン」。
　もう何十年もまえのことだが、２０１４年の今も、生き続けている。
　僕の場合、ハナマルキ味噌の「おかあさ〜ん、お味噌ならハナマルキ」や、伊藤園の「お〜い、お茶。お茶といったら伊藤園」も、「白いクラウン」から生まれた、長寿作品である。
　こうしたヒット作に共通している要素は、どこにも、その製品が「安い、うまい」の美辞麗句は使っていないのに、何故か、製品やサービスが売れる商業文のこと。コピーライティングとは、まだ見ぬ消費者の心を読み、そとの世界に爪をたてて、その架け橋を架けることである。

ひょっとすると…

ＤＪの僕がだらしないせいで、この番組も何回か中止の危機にたたされた。

その原因は、スポンサー不足。

民放は、文字通り、広告収入がいのち。スポンサーから頂いた広告費から、放送局の電波料や、制作費を捻出している。テレビ全盛の時代になって、スポンサーの台所事情も苦しいのだろう。なかなかラジオ媒体にまわす予算が出てこなくなった。出てこないとどうなるか。

その結果は、火を見るよりも明らか。番組を休止せざるをえなくなる。そこで、ＤＪのおしゃべりの中で、「ひょっとすると、この番組は…」などとしゃべってしまったから、サイレントマジョリティー、それまで何の反応も示して下さらなかった聴取者の方々から、励ましのお葉書やメール、電話を頂いて、ただもうびっくり。

ここにご紹介させて頂いたお手紙やメールは、その折りに頂いたお便りの一部。

そんな反響を目の当たりにして、放送局員氏やＤＪ、番組プロデューサーや選曲ディレクター、ミキサー達までがどんなに励まされたことか。げに、有難きは聴取者、リスナーの存在は大きかった。それからというもの、僕たちは、この番組が放送局や制作者達のものではないことに気がつき、プラス聴取者リスナーの方々と共に作るべく、心を新たにすることが出来た。

リスナーからのお便り（４件）

島崎さん !!!!!

この番組が聴けなくなるなんて、絶対に！！いやです！今も勉強しながら聞いています。大変な勉強も、日曜日のこの時間だけは楽しく感じることが出来ているので、島崎さんのおしゃべりや、素敵なジャズを聴けなくなると、すっごく困ります。

こんな私のためにも、頑張ってジャズタイムを終わらせないでください !!!!!!!!!!

「大人のジャズタイム」愛していますヾ（＾ｖ＾）ｋ

（10 代・女性）

小生今年６０歳定年です。出来の悪い管理職で定年延長はしてもらえませんが別会社への再就職は斡旋してもらえそうです。本日の放送で本番組の打ち切りが取り沙汰されていましたが淋しいですね。島崎さんの体調が悪いのならば仕方ないですが、隔週、月一のペースでも良いので続けて欲しいものです。本番組は日本においては色々な意味において稀有の価値があると小生は思っております。他にありませんものね、惜しいです。

（60 代・男性）

前々回の放送で、番組継続が困難と知って大変驚き、筆を取りました。還暦を迎えた私ですが、テレビが本当につまらなくなったなと思う日々の中、５年前、まさかラジオ日本で、こんな珠玉の番組が有ることを偶然知り、以来、毎週必ず聞いております。島崎さんと阿里耶さんの軽妙な会話と、ディレクターとの緻密な選曲で聞かせていただく古いジャズは、最後に流れるエンディングミュージックの終わる瞬間まで、『アー今日はこれでおしまいか』と、惜しみつつ楽しませていただいております。たぶん、これまで支援してくださったスポンサーさんが、離れたことが原因ではないかと、推測いたします。しかしながら、この『大人のジャズタイム』は、昨今のチャラチャラしたテレビ・ラジオ番組よりも、はるかに優れた数少ない番組だと思いますし、間違いなく、想像以上の老若男女の方々が、この番組を聞いている良質の番組だと思います。新たなスポンサーを含め番組継続のご支援を強く希望いたします。この番組は残す価値がある、素晴らしい番組であります。

（60代・男性）

リクエストするほどＪＡＺＺに詳しくないリスナーも多いと思います。私もその一人です。「大人のＪＡＺＺ ＴＩＭＥ」は、気持ちがやすらかになります。この番組は、日本に余裕を持たせる大きな役割があります。番組の継続を要望します。

（年代不明・男性）

ディスクジョッキー

毎週火曜日、午前１１時頃から午後２時頃まで、僕は、東京タワーの真下にあるラジオ日本のスタジオに行く。

ガラス箱？にかこまれたブースの中から、「それでは、本番まいります」のかけ声とともに、いつものテーマミュージックが流れ、ディレクターがキューを出す。

もう約２５年も、同じ切り口、口上で、目の前にあるマイクめざして「みなさま、今晩は。島崎保彦です」と声を出している。

放送局はJORFラジオ日本（１４２２kHz）毎週土曜日午後１１時から１２時までの１時間番組。

タイトルは「オトナのJAZZ TIME」

パートナーは、新婚ホヤホヤのシンガーソングライター田中阿里耶（アリヤ）君。番組の中身は、文字通りジャズオンパレード！

いまどき、はやらない往年のジャズレコードをリクエストにそってかけるのだが、ジャズ番組が少なくなって、この時間帯は、文字通り大人のジャズマニアの主戦場化しているらしく、リクエストもなかなか凝ったものが多い。

昭和ひとけた世代の僕にとって、数ある音楽カテゴリーの中で、アメリカンジャズは生活音楽のようなものだった。

お茶を飲むとき、デートをするとき、食事をとるとき、受験勉強の最中でも、ラジオから流れていたのはジャズだった。

だから、「島ちゃん、ジャズの DJ やってみない？」と某局のプロデューサーから誘われたとき、「アイよ」とたやすくひきうけてしまったものだった。

「なあに、ジャズなら勉強しなくても、出来る出来る」と一人合点したのが大間違いだった。

選曲は、ジャズ評論家で TBS 時代の上司、故石原康行先輩や故渡辺忠三郎先輩が、選曲プロデューサーとしてついていてくれたから何の心配もなかったが、２５年たった今でも、難しいのが、出だしのひと言。

「みなさま、今晩は。島崎保彦です」のくだり。

ラジオはテレビと違って、声が命。だから、出だしがうまくいかないと、それに続く１時間もパー。

毎回、ディレクターのキューが出る前に、マイクにむかって「皆様、みなさま・・」と声を出してテストして

いるつもりなのだが、うまくいったためしがない。

その点、現代っ子の相棒田中阿里耶（アリヤ）君は、てなれたもの。いつも「大丈夫、大丈夫ですよ」と励ましてくれるのだが、２５年たっても、うまく言えないのは、DJ失格？

幸い、僕がまだ２０代の頃、可愛がって下さった故山田耕筰先生は、クラシック音楽の始祖であると同時に、正調日本語の達人だった。「良い音楽はね、正しい日本語がしゃべれてこそなんだ。

母国語だからといって、ただしゃべれるだけじゃ、駄目なんだ。イントネーションや韻律なども、きちんとしゃべれるようにならなきゃね」

そういえば、ジャズ音楽の泰斗故小島正雄先生も、正調日本語の伝承者。

同じようなことを話されていた。

「日本語が、ちゃんとしゃべれないような人は、音楽やっても駄目」

このお二人にお会いするまでは、僕は、生粋の日本人。だから、日本語はしゃべれると自負していたのだが、ギャフン。

それもそうだろう、僕の日本語は、小学３年生までは杉並の小学生言葉。その後、疎開で鹿児島の小中学校を転々。

覚えているだけでも鹿児島市立清水小学校、谷山小学校、高千穂小学校それに鹿児島県立第二中学校。そこで覚えた日本語は、あの難解な鹿児島弁。だから、東京にもどって、言葉遣いにうるさいTBSに入ったときなどには、みんなから、「君の日本語は、変だ、変だ」とからかわれたものだった。
「君ね、正しい日本語がしゃべりたいんだったら、浅草の寄席で落語を聞くと良いよ」などと言われて、寄席で、江戸っ子のべらんめえ、そう、あの熊さん八っつぁんの江戸っ子言葉をそら覚えしたこともあった。
配属された営業部で、それなりに好成績をあげたから、会社の接待費を使って、銀座の一流クラブに出入りして、綺麗な日本語の使い方を、ホステスさん達から教わったこともあった。（商業日本語や接待用敬語など）
この番組「オトナのJAZZ TIME」。中身は戦後から聞き始めたアメリカのジャズミュージック。その多くは、僕らの青春時代のバックグラウンドだったアメリカのラブソングや、スウィングジャズを、二人のおしゃべりをはさみながら、リクエストに応じて１時間、流している。２５年前から始まった、いわば長寿番組のひとつだが、そのウリは、なるべくＬＰ、ＥＰレコードから、プロの耳で選曲した名盤をかけていくこと。初代の選曲プロデューサーは、もとＴＢＳの音楽部長だった故石原康行氏。二代目は、同じくＴＢＳ出身の故渡辺忠三郎氏。三代目はラジオ日本出身の高桑敏雄氏にお願いしているから、ＤＪ冥利につきるほど、快適なアナログ環境に恵まれてきた。
面白くも、嬉しくも、ときには哀しくも、問題は聴取者からのリクエスト。

ひと昔前には、たいがい葉書か、なかには封書にＢ＆Ｗの写真をそえて、送って下さったものもあった。

紙に書かれた、お手紙ほど、人の心を映す手段はない。リクエスト曲に添えて、マイクやスピーカーの向こうから、人々の吐息が聞こえてくる。近頃では、シニアの方々の中にも、インターネットが普及したのか、メールのリクエストが多くなった。ただ、このメールは、葉書や封書のように、人の吐息などは伝わりにくく、やっぱり、電気信号。

しかも、短かめの文章だから、ちょっと厄介だ。

僕も、モノを書く仕事をしているから、早く、便利に、用件のみを伝えたいときには、こうしたインターネットや携帯を使っているが、やっぱり電気信号は電気信号。心を伝えるラブレターには、使わないし、使えないシロモノだ。

「○○曲をかけろ。かけないんだったら、お前なんか、辞めてしまえ！」なんて、メールを送られたときなんか、本気で（ナラ、ヤメタロカ・・・）などと、傷ついたものだった。

たかがＤＪ、されどＤＪの２５年。まだまだ、ＬＰレコードは止められないＤＪなのである。

「みなさま、今晩は。島崎保彦です」

ああ、Ｂｏｓｅのワイヤレススピーカー！

こんな仕事をして、こんなことをいうのは変だと思われるかもしれないが、６０才にして始めた、パソコン。大変だった。

やれ、キーボードがどうの、メールがどうの、写真がどうの、といわれても、チンプンカンプン。

それでも、見よう見まねで、何とか２〜３冊の本は、パソコンだけで書き上げることが出来た。

げんに、この本も、そのパソコンのキーをたたきながら書いている。

しかし、しかし、やっぱりパソコンは苦手である。

そんな僕が、「これは便利だ。凄いな！」と感心させられたのが、沖縄に原発疎開？している孫娘やひ孫とのパソコンテレビ。

何といったって、パソコンのスイッチをポンといれるだけで、居ながらにして、孫やひ孫の顔が見られて、おしゃべりも出来る。最初のうちは、お互いのパソコン画面に食い入るようにしていたひ孫なんか、映され、しゃべり、しゃべらされて、すぐに慣れっこになってしまったのか、近頃では、パソコンの画面におしりを向けて、「な〜に、ひいじ、ひいば」とのたまう始末。それでも、何だかホンワリとした気分にさせてくれるから、有難い。

もう１つの有難いパソコンの機能は、＜ radiko（ラジコ）＞が使えるようになって、中波のラジオが聴きやすくなったこと。
　それまでは、テレビやＦＭならず、ＡＭラジオは聞きにくかった。そこで、特製のアンテナをつけたり、ラジオ受信機の位置を窓際に持っていったり、離したり･･･。
　それが、パソコンのラジコをクリックするだけで、まるでスタジオで聴いているような、クリアな音で聞こえるようになった。
　中波ラジオの番組は、極言するまでもなく、テレビに飽きた大人の番組が多い。僕がＤＪをしているジャズ番組もタイトルは「オトナのJAZZ TIME」。だから、レコードであれ、ＣＤであれ、音質はいのち。
　まだ、ラジコの恩恵をご存じ無い方は、いちどパソコン上手の、息子さんや娘さんにやり方をおしえてもらえば、きっと、中波ラジオの大人向け番組、気にいって頂けると思う。
　最後に、もうひとつ。ちょっぴりコマーシャルっぽく聞こえるかもしれないけれど、音質にこだわりをもたれる方は、パソコンのスピーカーは×。そこで、僕のおすすめは、ＢＯＳＥの小型、軽量、ワイヤレスのスピーカーをお買い求めになるべし。それこそ、ポケットに入る位の大きさで、いっちょ前の音を出す優れもの。お値段も２万数千円とお安いのが、取り柄だ。
　僕が使っているのは、ノートブック型のアップルと携帯用の iPad ミニ、それにＢＯＳＥのスピーカー。
　これから、少しずつ、パソコンお宅？に近づければ、幸せである。

ＤＪ一途！

もうかれこれ２５年ほど前から、僕はラジオ番組のＤＪをしている。

駆け出しの頃は、それでもマイクに向かっておしゃべりをするだけで、みょうに緊張したものだった。

きっかけは、某放送局員氏が独立して始めたプロダクションのラジオ番組への協力。

ヘッドハンティングならぬボイスハンティング？みたいなものだった。

素人あがりのＤＪだから、当然出演料などは無し。いわば、仲間内の勤労奉仕？みたいなつもりだった。

だが、やり始めると、もうやめられない。しかも当時は生放送全盛の時代 で、お相手の若いタレントさんを前に、スタジオ内のカフも操作しなければならなかったから大変だった。（カフとは、スタジオ内にあるスイッチのこと。この操作で、ＤＪの声がオンエアーされる。）それに加えて、目の前にある時計や、ガラス箱の向こうにいるディレクターからは、イヤホーンで指示が飛び込んでくるから、おしゃべりなんてする暇が無いくらい忙しく、神経を使う仕事だった。

おしゃべりの合間にかけるレコードは、アメリカのラブソングだから、その間だけは一息つけたものだった。ただ、放送禁止用語なども、頭の片隅においておかないと、ついうっかり使ってしまうから生放送ほど怖いものはない。それでも、この２５年の間には、２～３度聴取者の皆さんからキツーイお灸をすえられたこともあった。
記憶に残る失敗は、こんなものだった。
「明治、大正、昭和、平成天皇と続く日本の天皇は･･･」と、しゃべってしまったから、もう後の祭り。
早速、聴取者からお小言を頂いた。「明治天皇、大正天皇、昭和天皇はいいが、平成天皇とは何事だ。ＤＪをするんだったら、平成の今上陛下と言うべきだ！」
あわてふためく僕のために、ラジオ日本の編成局の人達は、さすがだった。
DJの代わりに聴取者の方にお詫びの連絡をしてくれて、コトなきを得たという次第。
こんな失敗があったせいか、いまは事前に録音したものを、ディレクターとミキサーが事前にチェックして放送しているから、随分気は楽になったが、それはそれで、難しい。例えば季節の話題など、レコーディングの時期と、オンエアーの時期がずれているから、なるべく不自然にならないよう季節感など、頭の中で調整してしゃべっている。
生放送だったら、「今日は暑いねとか、寒いねとか」自然体でしゃべれるから、楽。こうした中で、この２５年もの間、難しかったのはパートナーとの相性。恋人でも、女房でもない女の子と、どうしたらうまくおしゃべりが出来るか、どうか。
たいがいのパートナーは、ジャズなんか聴いたことも無い若い女の子だから、おしゃべりの呼吸を合わせるのに、工夫がいる。

テレビと違って、ラジオは聴取者との距離が近い。だから、2人のおしゃべりが、ギクシャクすると、リスナーの人達にすぐ気づかれてしまう恐れがある。そうなると、もう終わり。いくら番組のなかでラブソングをかけても、どこかよそよそしく聞こえるから、聴取者のかたがたから、嫌われてしまう。かといって、あまり2人が慣れ慣れしくはしゃいでしまうと、これまた駄目。

「ラジオはパーソナルなメディアだから、君たちＤＪはリスナーの恋人になったつもりで、心やさしく、語りかけるべし」とは、この道の達人から教えて頂いたおしゃべりのこつ。

ふりかえってみると、我ながら吃驚したことがある。それは、この２５年の間に、この番組でかけたジャズミュージック、曲数が、何と１万曲を超えているということ。１９８９年にスタートしてから、１回１時間。平均７～８曲かけるから、１年に５２回。とすると、４００曲以上。それを、２５年だから、１万曲！

その曲と曲の合間に2人のおしゃべりを入れるのだから、最低で１万回はおしゃべりをしたことになる。

僕のお相手をしてくれた歴代のパートナー達には、どんなに感謝してもしきれないほど迷惑をかけた。

この機会に、ただひとこと、その節は大変お世話様になりました、アリガトウ。の言葉を捧げさせて頂くと共に、その後、みんなが素敵な伴侶に恵まれて、幸せな人

生をおくっているとのこと。
　相棒だったこの僕にとっても、こんなに嬉しいことはない。
　番組の冒頭に流れる＜サイ・オリバーのオーパス・ワン＞、これからもヨロシク。

25年間のDJライフ！
――　パートナーを務めてくれた人たち　――

（敬称略）

1989年	敦賀 聖子	（「島崎保彦のナイトクルーズ」）
1990年	宮沢 千絵	（「I LOVE MUSIC」）
1994年	大久保 里香	（「JUST PLAY THE MUSIC」）
1996年	白川 展子	（「LP JAZZ TIME」）
1997年	鈴木 歩羽	（「LP JAZZ TIME」）
1999年	小村 美佳	（「JAZZ TIME '99」）
2000年	山辺 千恵里	（「JAZZ TIME '00」）
2002年	間宮 ひろ	（「JAZZ TIME '02」）
2003年	大久保 里香	（「大人のJAZZ TIME」）
2008年	田中 阿里耶	（「大人のJAZZ TIME」）

※（　）内は当時の番組名

彩の国 埼玉川越

僕のラジオ番組「オトナのJAZZ TIME」の相棒、田中阿里耶(アリヤ)君は、埼玉県川越出身。

だから、番組のなかで、よく埼玉県川越の話が出てくる。

聞くところによれば、彼女は川越市の観光親善大使。

この僕も、鹿児島と種子島の観光親善大使だから、彼女が、川越の話をするたびに、ちゃちゃをいれるのが、精一杯。

「何、何、埼玉県じゃなくて埼の国？（彩の国）。

通称、小江戸。特産物はサツマイモとうなぎ？」

「サツマイモとうなぎは、鹿児島の特産物だから、川越は江戸じゃなくて、小薩摩みたい」と反論するのが、やっと。

何しろ、この僕は埼玉県がどこにあるのか、一度も行ったことがなかったから、どうしようもないのだ。

こんな僕が生まれて初めて、埼玉県川越に行くことになった。

勿論、川越の観光親善大使が案内役。

喜多院から時計台のある蔵造り町並み通り一番街を歩いて、鹿児島にはない、芋うどんや川越のうなぎパイも食べさせてもらった。

世界中をあちこちうろついたことのある僕が、驚かされたこと。

川越市観光親善大使　田中阿里耶（アリヤ）君と一緒に…
左端は川越人力屋の矢島慶士さん。

それは、どこにいっても、お手洗いが綺麗だったこと。

「何、お手洗い」そんなものと仰る方も居られるかもしれないが、観光を売り物にしている町や村で、トイレが汚い所は、みんなに嫌われる。

現に、ここ埼玉県川口を父祖の地としている家内など、あの豪華客船に乗って、中国に行ったとき、トイレではかなり苦労したらしい。

「もう２度と、中国には行きたくない」が、口癖になったほど。

念のため？川越滞在４～５時間の間に、僕は２度もトイレに入った。

はじめは、喜多院のトイレ、フルオートマチックで、清潔無比。

おそらく、東京の超一流ホテルより、よほどましなお手洗いだった。

２度目は名物の人力車にのって「小川菊」（おがぎく）うなぎ屋へ。

ここのトイレも、超綺麗。

わが故郷鹿児島のうなぎと比べても、遜色のない味だった。

埼玉県は彩の国と豪語するだけの観光県。

一度は、埼玉の川越に行かれることを、お勧めして、薩摩大使の埼玉レポート、めでたしめでたしの旅だった。

丹頂鶴と２人の社長

来週の木曜日、僕達夫婦は白金台の八芳園に行くことになった。

その目的は、公益財団法人「日本野鳥の会」の功労者パーティーに出席を要望されたから。

僕と「日本野鳥の会」のお付き合いは、もう何十年も前のこと。

きっかけは、実に単純なものだった。

僕の干支が、鳥だったから（昭和８年生まれ）、ことのほか、鳥、つまり鶏には、興味があった。

もっとも、小学生時代に鹿児島の疎開先で、鶏を飼っていたこともあって、親しみを感じていたのかもしれないが、薩摩鳥の喧嘩祭りなど、よく見に行ったし、食べ物がない時代だったから、レグホンの卵は、飛びっきりのご馳走だった。

もっとも、西洋の干支は、獅子だから、獅子でも良かったのだが、獅子は、あまり好きになれなかった。

サラリーマンを辞めて、自分自身の会社を作ったとき、早速ぶつかったのが、会社のネーミングやロゴ。

社名は「シマ、クリエイティブ…ハウス」で決まったが、ロゴづくりには苦労したものだった。

「こだわるようだけれど、ロゴには、僕の干支である鳥を入れて…」などと、自作してみたが、うまくなんぞ書けなかった。そこで、当時一流のデザイナーの呼び声高かった三浦滉平君に、頼んでみた。
「三浦君、うちの会社のロゴ、書いてくれないか？」
条件もつけさせてもらった。
「これ、僕が書いた鳥なんだけど、どこかに入れて？」
嫌な顔一つせず、三浦君は素晴らしいロゴを書いてくれた。ローマ字の Sima の m の字。その上に、僕の鳥がチョコンとのっかって、格好良よかった。

そんなことがあってから、何十年。「日本野鳥の会」の N さんが訪ねてきた。
「島崎さん、ひとつお力を貸して下さい。あの北海道の丹頂鶴が絶滅しそうなんです。ですから…」
いきなりだったから、僕も慌てふためいた。
「エッ！あの綺麗な丹頂鶴が絶滅だなんて…」
それまで、僕の頭の中にあった鳥は、鶏。精一杯背伸びしても、故郷鹿児島の川内や出水に飛来してくる、ちょっぴり器量の悪いナベズルやマナズルのことしか浮かばなかったから、ただ驚くばかり。
「北海道の丹頂鶴って、日本国の象徴みたいな鶴でしょ、日本航空のマークや、お札のデザインにも使われているし・・・」
「いや、見た目には、沢山いるように思われるかもしれませんが、実は、若い鶴の個体数が５０羽をきると、もう絶滅危惧種。危ないんですよ」

絶滅危惧種なんて専門用語を使われて、この僕はシドロモドロになった。

「じゃあ〜、いったい何をしたらいいの？」

こんなやりとりの、結論は、どうやらこの僕に、北海道の鶴を守って欲しい。そのためには、

（１）広い鶴たちの、スペースを確保して欲しい。鶴は、体長２メートルもある大きな鳥で、寝る場所、遊ぶ場所、繁殖をする場所がないと、個体数の増加は不可能。しかも、北海道の湿原は、無慈悲な不動産業者に買い占められて、今や、風前の灯火。

だから、何とか、島崎さんの力を貸して頂いて、政治や行政、マスコミの応援を得たい。

（２）「鶴達のえさ代を確保して欲しい。あそこの鶴は、アメリカ産のトウモロコシが主食、年間２，０００万円ほどが必要なんです」

こんな話を聴きながら、僕の心は、もう走り始めていた。

（１）は、何とかなるという自信めいたものがあったが、困ったのが（２）のえさ代集め。一言で、２，０００万円といっても、まるで自信などなかった。

窮地にたたされたとき、僕の頭の中を、よぎった教え。それは、故郷鹿児島で教えられた「義を見てせざるは、勇なきなり」という言葉。

早速、同じ鹿児島県人で永年のクライアント「東進ハイスクール」の永瀬昭幸社長にお電話をさしあげた。

「そりゃあ、お困りでしょう。でも、急に言われても、ウチは無理です。でも、あの人ならきっと…」

薩摩隼人のお願いでごわんす！

　ということで、この薩摩っ子のリアクションは素早かった。

　「今晩、おひま、ありませんか？ぜひ、島崎さんにご紹介したい人がいるんです。すかいらーくの茅野亮社長。

　あの人の会社も、ロゴマークは俗称『たれ目ひばりのすかいらーく』。ひょっとすると、うまくいくかもしれませんよ」

　にこやかにほほえんでおられたすかいらーくの茅野社長も、即座にOKのお返事を出して下さったのは、いうまでもないことだった。

　２０１４年の今、晴れて、北海道の丹頂鶴の個体数は１，５００羽を超え、日本航空のマークも、昔のマークに戻されている。

　妻と2人で、こうして八芳園に行こうとしている今も、こうしたお２人の社長のおかげとお力添えがあってこその、功労パーティー。

　あらためて、「東進ハイスクール」の永瀬昭幸社長、「すかいらーく」の故茅野亮社長にお礼を申しあげると共に、２０１４年の今。多くの子供達が幸せそうに丹頂鶴を見られるのも、こうした、陰の功労者の善意とお力添えがあったことを、書き添えさせて頂きたい。永瀬社長、茅野社長、その節は、本当に有り難うございました。おかげさまで、日本の象徴、あの丹頂鶴は、元気に北海道の原野を、今も飛び回っています。

日本野鳥の会はいつでも会員を募集しています。

日本野鳥の会　入会　検索

二足のわらじ

いつのころからか、僕は、勝手気ままにエッセイも書くようになった。

「君は、コピーライターだろ。だったら、新聞や雑誌に、記事原稿も書いてみないか？」

きっかけは、朝日新聞で「鬼のギヤ」と言われた故扇谷正造先生。

それこそ、東大出の朝日新聞エリート記者達が書いた新聞原稿を、これでもかと赤字だらけにし、「鬼のギヤ」。しごいたという。

そんな先生から、僕は、新聞原稿の書き方のイロハを教えて頂いた。

まずは、手紙の書き方。先生は、よく地方講演に行かれた。

そのたびに、その地なりの特産品が、うちに送られてくる。

こうなると、お礼の葉書を書き、郵便ポストに投函せざるをえなくなる。

ほどなく、その葉書が真っ赤にアカを入れられて、封書で送り返されてくる。

おそる、おそる、先生直筆のお小言を読ませて頂く。

そんなやりとりが数ヶ月たった頃だった。

先生から、お電話。

「昼間は、仕事で忙しいだろうから、夜、仕事が終わったら、ホテルオークラ○○号室まで来て欲しい」

広告の仕事が終わるのが、だいたい夜の７時頃だったから、この夜学？は、しんどかったし、怖かった。

机の上に山と積まれた原稿用紙を前に、僕が先生にお出しした葉書が、ポツンと置かれていた。

「いいか、この返書。こういう場合には、こう書くべきなんだよ」

みるみるうちに、僕の葉書は、赤字だらけ。こうした夜学は、翌朝の２時３時まで続いた。

その頃の僕は、まだ若かったせいか、先生のお小言を今でもよく覚えている。

怖かった、眠かった。でも、有難かった。

こんな夜学が、１年ほど続いた或る日。

突然、先生は仰った。

「君、本を書きたまえ。本屋は僕が話しをつけてあげ

恩師故扇谷正造先生の手紙

るし、あとは君が書くだけだ」

突然のこととて、何をどう書いていいやら呆然としている僕に、先生は、目の前にある原稿用紙に、何やら一行。

「タイトルは、君が川崎の市長選挙キャンペーンで書いたあのコピーがいい」

「白い雲をかえせ」だ。

「出版社は、産業能率大学出版部。ま、定価は５００円」

「このタイトルだったら、書けるはずだ。締め切りは、１ヶ月後。いいな」

問答無用のお言いつけだったから、Ｂ４の原稿用紙３００枚に、原稿らしきモノを書き、ホテルへ。

先生は、この３００枚の原稿用紙全部に目を通して下さった。

そのウチの１００枚は、「生意気だ」の一言で、びりびりに破かれて、屑かごにポイ。

幸い、生き残った２００枚が、本になることとなった。当時は、本の前書きなんて書くつもりもないし、書けなかったから、書いては消し、書いては消しの、繰り返し。思いあぐねて、先生の所へ。

「そうか、君には前書きのこと教えてなかったな、じゃあ、僕が書いてあげよう。良かったら、そのまま使ってもいいよ」

その前書きを、僕はこの本の前書きに、そのまま１ページ、使わせて頂いたのは、言うまでもないことだった。

「白い雲をかえせ」というコピーは、当時自民党の常勝市長と言われたＫ候補を相手に、反公害の新人、革新系の伊藤三郎氏が挑んだ選挙ポスターのコピーで、僕が書いた。

勝てるはずもない選挙に勝ったのは、あのコピーのおかげと、新聞各紙に大見出しになったものだった。

こうしてみると、一商業文作成者が書いた一行のコピーが、いつのまにか、社会性のあるコピーとして、新聞の見出しにも使われ、僕は、社会派コピーライターとして、市民権を得ることが出来た。

あのときの、２２万川崎市民の方々、そして「鬼のギヤ」故扇谷正造先生のおかげである。

Chapter ❹ Soc·iety

ほどほどに

言葉は、使う人の都合で、使われたり忘れられたりする、生きもの。

ここ何年か、よく耳にする言葉の１つに、「もくと（目途）として・・・」という慣用句がある。

戦後生まれの若い政治家達が、何かにつけて使うから、もう慣れっこになってしまったが、僕らのような、戦前、戦中派は、この漢字を「めどとして」と読むよう教えられてきた。

だから、最初のうちは、総理大臣などの施政方針演説などで「もくととして」と言われると、かなり心理的な抵抗感があった。

（もくととして、なんて言っているけど、どうして、あんな変な言い方をするんだろう？めどなら、めどと言えばいいのに・・・）

念の為、辞書を引いてみた。

大辞林には、「めど」とは「目指すところ。目当て。また、物事の見通し」とあった。

そこで、いま流行り？の「もくと」についても調べてみたら「目指すところ。目当て。また、物事の見通し」と、「めど」も「もくと」も、まった同じ解説だった。

逆に、グローバル和英辞典には、「めど」とは〔目標〕an aim;〔見通し〕an outlook のこととあったが、「もくと」では、和訳は見つかりませんと記されていただけ。

どうやら、日常的には、かなり曖昧な使い方がされているようだが、ま、政治家達の狙いは、この言葉特有の微妙なニュアンス、英語の＜ an outlook ＞見通し＋いい加減さにあるらしい。

それだけ、世の中、いい加減になったのだろうか。

いい加減といえば、僕が、まだ小中学生の頃。明治生まれの祖母からよく聞かされていた言葉に、「ほどほどにしなさい！」という言葉もあった。勉強しないで、外で遊んでばかりいると「ほどほどにしなさい！」

ここにいう、「ほどほど」とは【程程】のこと。

［1］　あまり度を越さない程度。ちょうどよい程度。適度。
　　運動もほどほどにしておきなさい

［2］　身分相応。

こうしたほどほど言葉も、近頃では、あまり聞けなくなったのは、寂しい限りだが、言葉が死語化するまえに、叱ってくれる人が居なくなったんだろう。

核家族化現象の表れというには、ちょっと寂しすぎる気がしないでもない。

ついでにもう１つ。あれっ？変だなと思っている話し言葉。

それは、「行ってまいります」ではなく、誰もが「行ってきます」と言い出したこと。この言葉使いは、多分、戦争に負けた日本人が、アメリカ南部あたりのアメリカ兵が使っていた下層のアメリカ語。

＜ YOU GO ＞＜ I GO ＞を直訳したからに違いない。げんに、小中学生の僕が、そんなアメリカ兵から学んだネイティブアメリカン語は、＜ウォーター Water ＞ではなく＜ワーラー＞だった。

ザリガニ

ボストンからバーハーバーへ、僕はアメリカのローカル線、ペンエアーに乗って行くことになった。

ボストンの飛行場で、通関手続きを済ませ、手荷物を受け取ってから、いったん空港の外へ。

この一瞬のときが、煙草飲みの僕には、とてつもなくうれしい一時だった。

それは、あの禁煙国アメリカで、冷たい石づくりとはいえ、ベンチがあっ て、これまた石づくりの灰皿があったこと。

（おう、ここなら、どうどうと煙草が吸えるな・・・）

ノンスモーカーには、とうてい理解しがたいことだろうが、13 時間も我慢してきた僕には、天国のようなボストンがやってきた。

車輪つきの旅行トランクをそばに、プカプカ煙草を吸っている僕の周りに、何人かのネイティブスモーカー達もやってきて、ただモクモク。

みんな、まわりの人達を気にしているネイティブスモーカーのよう。

それにしても、窮屈な旅のはじまりだった。

ほどなく、国際線のターミナルからローカル線へと巡回しているバスがやってきた。

バスの運転手が、ペンネアーはここだよと教えてくれた（正しくは、アメリカ語でペンエアーじゃなくて、リ

エゾンしているからペンネアーと言うらしい）

国際線のターミナルと比べると、こじんまりとした飛行場だったが、身体検査は凄かった。

乗客みんなが、身ぐるみはがされ、靴も、ベルトも、検査台の上に。

アメリカ人の乗客たちも、そこはそれ、慣れっこになっているのだろう、男も女も裸足でホールドアップ。

さすがテロの恐怖におののいているお国柄だ、それにしても、裸足のアメリカ人を！一度に見られたのは壮観だった。

バーハーバー往きの飛行機は、ちっちゃなターボプロップ機。

僕が、故郷の鹿児島霧島空港から種子島へ行くとき、いつも利用している飛行機と同じ。

客席も２０席位で、低く低く、まるで戦闘機。だから、窓外の景色もよく見えて、気分はまるで＜ Fly me to the moon ＞すごく楽しかった。

目的地のバーハーバーまでは、１時間足らずの空の旅だが、目の中に入ってくる色といえば、碧い海と、緑の林だけ。

それが、織りなすようにかわるがわる目の中に飛びこんでくるのだから、たまらなく美しく感じたことだった。

「メイン州は、別名 Most white state とも呼ばれていて、その特徴は、約９５ ％が白人で、黒人は１％なんです。

それに、産業は名物のロブスターと全米屈指の貧乏州、昔はパルプ産業も盛んだったとこなんですが、今ではロブスターだけ。そんなところに何しに行くんですか？」

この旅に出かける前に、日本在住のアメリカ人から不思議がられたことを思いだしながら、僕たちを乗せたターボプロップ機は無事、バーハーバーにご到着。

まるで、原っぱのような飛行場で、のどかな風が１３時間＋１時間の長旅の疲れを、やさしくなでてくれたことだった。

飛行場に迎えに来てくれたＣ君のワーゲンに乗って、今夜から３泊するホテル。

といっても、小さな木造の旅籠 The Lindenwood Inn は海の側。白いペンキと古いロッキングチェアーがよく似合う３階建てだった。

インターネットの写真では、２階のベランダから海が見えるはずだったのだが、周りの木の成長が早いのだろう。

海というより鬱蒼と茂った森の中にいるようだった。この旅籠に泊まって、僕が感心したことは、この旅籠に働く人達の暖かいホスピタリティー。時差ぼけで、朝４時頃目が覚めた僕のために、夜勤のおじさんが、トーストとハムエッグをつくってくれたり、コーヒーを入れてくれたり、最高のアメリカンおもてなしを受けたことだった。

さて、肝心要のザリガニのこと。

あまり上等とは言えない港のそば、いわば漁師町の一隅に、そのレストラン？が建っていた。板葺きの粗末な小屋に入って、まずは驚かされた、入口のいけすの中に、大、中、小のザリガニが３０～４０匹。売り場のお姉さんが、好きなものを選べというから、一番大きくて元気なザリガニをご指名。すると、いきなりいけすの中に手をつっこんで、天井からつるされていた秤にポン。「ハイ、２ポンド」 いきなり２ポンドなんて言われても、あまりピンとはこなかったが、「すぐ、ゆでるから外で待っていて」。ほどなく、真っ赤にゆで上がったザリガニを見て、このお上りさんは、またまた吃驚。何十年か前に、ボストンで食べたザリガニは、自然保護の観点から、あのハサミのような爪一本。

爪を切られたザリガニは、「海に放流して、又爪が生えて来るまで、待つんです」が、僕の常識だったのだが、ここバーハーバーのザリガニは、一匹全部食べても良い

アメリカンロブスター２ポンド！

とか。大きなお皿の上に、2ポンド（約900グラム）のザリガニがドカーン。ソースやドレッシングは、いたってシンプル。オリーブオイルとレモン、トマトケチャップだけ。一般的にアメリカの料理は、素材そのものの味を楽しむのがベストだから、このザリガニはすこぶる美味しかった。3連休を利用して、超特急で行ってきたアメリカ合衆国最北の町、バーハーバーには、とてつもなく美味しいザリガニがいた。

See you again !

何年ぶりかでアメリカ、それもカナダ国境の町バーハーバーに行ってきた。

秋の連休３日を使っての強行軍だから、成田からボストンまでＪＡＬで１３時間。

飛行機の中では、ただひたすら眠るだけ。

僕のような暇人？が多いのだろうか、客席は満席。

みんな疲れているのだろうか、食事の時間をのぞいて、恐ろしいほど静かなフライトだった。

アメリカでの食事を考えて、２回とも和食を注文したのだが、１２種類ものおせち料理風のご馳走で、まるでお雛さまになったよう。

とても美味しかった。

乗っている飛行機が、あのバッテリー火災をおこしたボーイング７８７だから、お客さんたちが寡黙だったのかもしれないが、みんなこの食事の時間だけは、幸せそうな顔つきでお箸を動かしていた。

あのぶっきらぼうだったＪＡＬの機内サービスも、それなりに気を遣うようになったのは、事故のおかげとは申せ、嬉しかった。

サービスといえば、もう一つ。それは車いすに乗ったことだろう。

アメリカ出発の前日、僕はぎっくり腰！

やや慌てたことだったが、電話でＪＡＬに事前連絡しておいたのが良かった。

あの広く長い搭乗口まで、桜ラウンジから車いすが用意されていた。

生まれて初めての身体障害者だから、見るもの、聞くものが、まるで新鮮で、車いすを押してくれた女性の日航職員の応対、気遣いは、新生ＪＡＬを象徴しているような素晴らしさだった。

こうした情報は、機内のフライトアテンダントにも連絡があったのだろう、ボストン到着の２０～３０分前に「ボストンの空港にも車いすが…」と言われ、まさかと思っていたのだが、ボストンの到着口にも、ちゃーんとＪＡＬの男性職員が車いすで待っていてくれ､助かった。特筆すべきは、ボストンから成田まで、また同じＪＡＬを利用して帰国したのだが、成田でも、行きと同じ車いすのサービスを受けられた。

こうしたアメリカ旅行を通じて、僕が感じたこと。それは、ＪＡＬの輝かしい再生の息吹だった。

See you again!

お雛さま

「どうして、お雛さま、まだ飾らないの？」

「だって、まだ2月でしょ。お雛祭りは3月3日。だから、まだ、お蔵の中よ…」

男４人兄弟の家に生まれた僕は、ものごころがつく１７～８才頃まで、女っ気、というより女の人を知らずに育ったことだった。

しかも、あの大東亜戦争のまっただ中、2度も3度も疎開して通った小学校は、鹿児島の男子校。

朝から晩まで、男らしさを先生や教官からたたきこまれ、まわりはみんな男ばかり。

だから、自顕流の稽古に明けくれるしかなかった。

（注）自顕流とは、薩摩藩の剣法の１つで、幕末の京。新選組がただひとつ恐怖した剣ともいわれ、裂帛の叫び声とともに剣が鞘走るや血煙を上げて倒れざる敵はいなかったといわれた。その鍛え上げられた技と魂、無敵の剣こそ、ここにいう無敵の剣「薬丸自顕流 」である。

自顕流の稽古には、刀や竹刀は使わない。使うのは、木の枝、竹である。

しかも、肘にそわせて両手で握る。左膝を地面につけて「ヤアッ！」と気合いをいれて、切るというより叩く。叩く相手は、これまた細い生木や竹を２０～３０本、横に束ねただけのものだから、しなる、はずむ、はね返ってくるから、たまらない。

指先から、肘、肩まで痛みが走る。当然、手加減してたたこうものなら、「わや、な〜しちょっとや！」とぶん殴られるしまつ（鹿児島弁で､貴様何してるのかの意）そういえば、このころの音楽。音楽なんかやる奴は女々しい奴だと、軽蔑され、無視され、歌う歌は、君が代と軍歌だけ。

いよいよ、本土決戦などといわれた戦争末期には、青竹の先をナイフでけずって、薪にくべ、黒くこげた竹の先の炭をおとして、これで竹槍の代わり。

あんな時代でも､竹だけはふんだんに生えていたから､何十本も作らされた。

「これで、アメリカ兵を殺すんだ」

まわりの小学生達は、本気で勝つつもりだった。その日本が負けて、一番最初に、逃げていったのは、あんなに怖い顔をして､僕達小学生達をぶんなぐってた軍人達。僕らは、あの竹槍で雀をとって、みんなで食べていた。

「わや、な〜しちょっとや」

「腹が減って喰うものがないけん、雀とって、喰っとるんや」と、言い返してやりたかったが、もうそこには、日本の軍人じゃなく、赤ら顔のどでかいアメリカ兵が仁王立ち。僕は、小学６年生で＜ギャラ〜ラヒヤー、GET OUT FROM HERE！出て行け＞というアメリカ語を覚え、逃げ回る毎日だった。

好きなことを、好きにやりたい

この言葉は、今までは、６０才か６５才で定年退職した中高年のセリフだった。

「好きなことを、好きにやりたい」

そりゃそうだろう。２２才で大学を出て４０年間も、寝食を忘れて仕事に打ち込んできたのだから、ここらでひと休み。家族旅行をするのも、スポーツに打ち込むのも、はたまたのんびり朝寝をするのもいいだろう。

それは、彼らの当然の権利、彼らの貴重な人生なんだし、当然のこと。

だが、２０００年代に入って、様相が変わってきたように思えてならない。

中高年のセリフならず、このセリフを、２０～３０代の若者達が公然と口にし、ひどい奴は、少子化時代の親の過保護？をいいことに、親の家から仕事場に出勤し、３０代になっても、乳ばなれどころか、仕事もいい加減。あげくのはては、食事も、風呂も、親がかりで、結婚なんか後回し。

そこで、時代錯誤とののしられるのは覚悟の上で、文句の１つも言おうものなら、逆ギレしてぷいっと何処かに出かけていく。

そんな若者の１人が、我が家にも居る。その３０代の孫が、心配性の爺さん婆さんを前にして、口にしたセリフ。

彼の捨て台詞は、「俺は、好きなことを、好きにやりたい。やれるのは、まだ親や、爺さん婆さんが元気なうち」だった。

やや興奮気味の爺さん、婆さんは、それでも「どうして、どうして、どうして、うちの孫は、あんな男に？」と、唖然とするばかり。

早婚だった、この爺さん、婆さんは、確かに２０代そこそこで、親元を離れて苦労もしたものだった。

新聞社の初任給は、７,０００円か８,０００円で、まだ２０代の始まりに子供まで作ったから、若き頃の、婆さんは、大変だった。

稼ぎの足らない亭主と生まれたばかりの幼な子をかかえて、孤軍奮闘。

化粧品などは一切買わずに、菜っ葉は、近くの八百屋さんから頂いたものを、御味噌汁の中にいれて、朝ご飯を作ってくれた。こんな昔話を披瀝すると、何だか僕たちだけが貧しかったように思われるかもしれないが、若くして親から自立し、結婚したからには、いくつであろうが「親のすねを囓るのは、恥だ」という哲学が、まだまだ生きていた頃だったから、みんなも同じ。

むしろ、こうした貧しさが、若い２人の青春のエネルギーとなっていたのだろう。

とても幸せだった。

こうした時代の青春と今の時代。比較するのも気が引けるが、

「親のすねを囓るのは、恥だ」の時代から「俺は、好

きなことを、好きにやりたい。やれるのは、まだ親が元気なうち」を比べてみると、問題なのは「やれるのは、まだ親が元気なうち」という、せこい打算が、若者達を支配していることだろう。

いずれ、そうこうしているうちに、年を取り、婚期を逸し、１人中高年になって、孤独死をする人もいるらしい。

ぼやきついでに、もう一つ言いたいことがある。

それは、彼らが期待している遺産。仮に、あったとしても、その遺産が、土地であれ、株であれ、そのまま彼等の懐へ、なんて入るはずもない。かくして、相続と相続税のこと。

今まで、あまり相続税はおろか、ろくな税知識もない彼らは、親があの世に行けば、あの土地も、あの株も、あのゴルフ会員権も、みんな俺のモノ。と、思い込んでるフシがある。

そんな若者達に、言っておきたいことがある。それは、世の中そんなに甘くはないぞ、ということ。

ちなみに、この小言爺さんのケース。今から３０年ほど前に、爺さんの親父、つまりひい爺さんは、４人の兄弟を前に、こう言ったものだった。

「いいか、お前ら。今日この場で、俺は俺のもっている財産すべて、お前らに生前贈与する」

机の上には、家の権利書や、ゴルフ場の会員権などが並んでいた。

あまりの剣幕に驚く４兄弟。親父は続けて、こう言った。

「好きなモノを持っていけ。ただし、生前贈与税はもらった奴が、払うんだ。お前らも知っているだろうが、生前贈与税は高いんだぞ。

でも、俺がカネを払うとき、お前らは1銭でも出したか。出していないんだ。だったら、お国に生前贈与税を払って、買い戻したらいい」

こんなやりとりがあって、件の贈与税納付書が税務署から送られてきた。

世田谷の土地、230坪。親父から、相続税は高いぞと脅されて覚悟はしていたものの、実際高かった。

税務署簿価1坪×230坪で、税額控除分をちょっぴり差し引いても、うん億円の生前贈与税。

それも、いきなり現金払いだ。早速、取引のあったM銀行から、この土地を担保に、全額を借り入れたまではよかったが、20年月賦！

しかも銀行金利は、当時、年率7～8パーセント。しかも、所得税や住民税も70パーセント！の時代だったから、それからの20年は、相続税支払いのために生きていたようなものだった。

その他の資産にも、似たりよったりの生前贈与税がかかってきたから、大げさに言うまでも無く、四苦八苦の20年だった。

世間様からは、「資産家の息子に産まれて、うらやましいな」などと、ひやかされ、何糞！と頑張っても、所得税は70パーセント。

しかも、残った３０パーセントの収入から、銀行金利７～８パーセントを取られたのだから、命がけの納税人生だった。

今の時代は、どんなに取られても、贈与税はＭＡＸ５０パーセント、所得税も５０パーセント、銀行金利は２～３パーセントだから、楽と言えば楽。

あのとき「だったら、お国に生前贈与税を払って、買い戻したらいい」
と言いきった亡き父の言葉が、思い出されてならない。

「親があの世に行けば、あの土地も、あの株も、あのゴルフ会員権も、みんな俺のモノ」と、思い込んでるフシがある孫は、そのあたりのこと、どう思っているのであろうか。ちょっぴり心配である。

暖かすぎるからクーラーを…

久しぶりに、父祖の地。

鹿児島県熊毛郡南種子町に行ってきた。

種子島は分かるけど、南種子町なんか知らないよ、と仰る方でも、「あのロケット基地のある・・・」と言えば、きっとお分かり頂けると思うが、あのロケット基地の隣に、僕のひい爺さん、ひい婆さんのお墓があるから、こうみえても、僕はれっきとした種子島人。

物心つくまで、この島に行ったこともなかったが、ふとしたきっかけで、ここ種子島の南端、南種子町に行くことになった。

それは、祖父の彦次郎爺さんのことを、やむにやまれず知りたくなったから、だった。

「あの爺さんは、西郷隆盛翁が城山で自刃されたとき、種子島で生まれ、その後、南種子の前之浜に漂流してきた英国の船に乗って、１７才の若さで、単身ヨーロッパへ。そして、向こうで１級外洋船長になった人なんだ。それ以来、第２次大戦が終わるまで、爺さん婆さんは、外地で生活。孫の顔も、ろくに見られなかったんだよ」とは、父千里の話。

たまたま、父が旧制七高から東大へと、エリート？の道を歩けたからなのだろうが、世間の誰も、その爺さんや婆さんのことなんか、話題にもしてくれなかった。

だが、東大への道を閉ざされ、万年野党！の道を歩か

竹崎漁港の漁師さん達

ざるをえなかった僕には、この爺さんと婆さんの頭文字。彦次郎の彦と保子の頭文字がついている。保彦のネーミングの由来は、この２人にあるのだ。

だから、僕は無性に南種子に行きたくなったし、行けば島の人達は、「僕は、彦次郎の孫…」、と言っただけで、心優しく迎えて下さったもの。

今回の南種子への旅は、里帰りならぬ「トンミー大使」（種子島言葉で、友達という意味）としての公式訪問。

いつものように、望郷の想いを胸に、羽田から霧島へ。霧島からは、ターボプロップ機に乗り換えて 30 分。あいにくの曇り空だったから、桜島も錦江湾も雲の中。

ローカル空港は、飛行場の近くでグルグル、待たなくて

故郷の友、南種子役場の河口恵一朗さん（左端）

花峰小学校の佐藤秀紀（しゅうき）校長先生（左端）とインギー鶏

も良いから、すっきりランディング。この飛行機は、３０人のりで小さいから、ＣＡが手動でタラップを下げると、もうそこは南国の風と香りが、心地よかった。

出迎えの、南種子町の河口恵一朗さんの車で、ここ中種子から南種子まで３０分。碧い海と緑の山々に囲まれたハイウェイを一路、南種子へ。

種子島の道路は、どこに行っても綺麗に舗装され、ドライブしているだけで、気持ちのいいもの。多分、南端にロケット基地があるからなのだろう、快適なワインディングロード。車の好きな人達には、それだけでたま

お役人からマンゴー農家への転身。
「種子島マンゴー園」の名越修さん（左端）

らないはず。しかも、人影はなく、あちこちの海岸にサーファーの姿が、散見できるぐらいで、まさに大自然。
　町では、いろんな島人にお会いしたし、楽しかった。ことに、この前まで町の助役を務めていた名越修さんが、役場をやめて始めたマンゴー栽培の話は、面白かった。
「今、私は、マンゴーの畑で、苦労しているんですよ」
「種子島は、北海道の夕張メロンと違って、暖かいから、コストもかからないし…」と、僕。
「いやあ、それが違うんですよ。冬は重油でヒーター、夏は夏で、暑すぎるからクーラーを入れて…」
　暑すぎるから、クーラーとは、吃驚。
　いままで、北海道でメロンなんか作るなんて、油代がかかって、１万円のメロンだなんて、と思っていた僕の観念が、ガラガラと音を立てて崩れていったのは、当然のことだった。
「これが、ウチの畑で取れたドラゴンフルーツです」と帰り際にいただいた種子島産のマンゴーならぬ、真っ赤なドラゴンフルーツ、まるで、大きなバラの花のような香りが、漂っていた。

マンゴーならぬ自家用のドラゴンフルーツ

名越さん、マンゴーが出来たら、僕にもひとつ。食べさせて下さいね。

「暖かすぎるからクーラーを…」

望郷の旅で、又ひとつ、僕は、知らなかったことを教えていただいた。

有り難う、わが故郷のトンミー。

２０１４年１２月には、あの種子島から科学技術の小箱「はやぶさ２」が、天高く飛んで行くという。マンゴーならぬどんな発見がもたらされるのか、楽しみである。

もう一つのロケット

ひと昔前のある日のこと。僕の机の上に、ぶ厚い横文字の企画書が置いてあった。

差出人は、アメリカ合衆国ＮＡＳＡ（航空宇宙局）。

中身を読んでみると、こんなことが書いてあった。

「今度のスペースシャトル(チャレンジャーⅡ号)には、アメリカ初の女性飛行士、サリー・ライド嬢が搭乗します。6月１８日（１９８３年）、発射地は、フロリダ半島の北辺ケープカナベラル。ご興味がおありならご招待いたします」

どこでどうしたのか、その由を知るわけもないインビテーションだったが、

文中の「サリー・ライド嬢が・・・」のくだりに、僕は大感動したものだった。

（まだ、ここ日本には有人ロケットなんて無いのに、あのアメリカでは、女性飛行士が宇宙に飛び立とうとしているのか！）

早速、下手くそな英語で、「ご招待、ありがとう。伺います」と返事。ついでに、その模様をムービーに収録することを許諾してもらった。

その頃は、まだビデオもない時代だったから、趣味の１６ミリシネカメラを持っていった。(フランス製のボーリュウ)

現地に着くまで、僕を苦しめていたこと。それは、大

きく分けて二つ。

（１）果たして、うまくロケットが、サリーを乗せて飛ぶんだろうかという心配。

（２）その瞬間、僕はボーリュウをうまく操作出来るだろうかという心配。

それまで、日本人のプロカメラマンでも写したことがない、その瞬間がやってきた。

＜５、４、３、２、１、０、and LIFTOFF ！＞

ロケット発射の瞬間は、それこそぶっつけ本番だった。ボーリュウのカメラは、重さが約３.５ｋｇ。すべてマニュアル。カメラスピードも手動で調整する。８・１６・２５・３２コマの目盛がついていて、レンズは３本。近距離、中距離、遠距離。このすべての操作を、左右の腕と１０本の指ですばやく行うことなど到底不可能だった。

その上、発射地点から３,０００メートルも離れた所にあったＶＩＰの観覧席は、板張りの２０段位ある高台？

発射時間が近づくと、その上に５０～６０人もの見物人が乗っかるから、ユラユラと揺れ出す始末。

揺れては良い映像なんか撮れないから、一緒に行った秘書の横山良樹君が、三脚代わりに、僕の身体を支えてくれた。

（ドーンと飛び出すのか、ゆっくり飛び出すのか。いったいどっちなんだろう？）

とどのつまりは、標準レンズで２５コマをセット。

その瞬間は、ドーンという音しか覚えていない。見たのは、カメラのファインダーの中を、ゆっくり飛んで行くロケットと雲だけ。

チャレンジャーⅡ号、リフトオフ！

モニターなんかもない時代だったから、16ミリフイルムを日本で現像してもらって、「凄い絵が撮れていますよ」とプロダクションの現像技師から言われたときは、思わず「ヤッタぁ」と叫んでしまったくらい嬉しかった。

その後、この3分間の映像は、NHKでも放送され、プロカメラマンの雑誌「コマーシャルフォト」誌などでも、「宇宙を映した日本人初のカメラマン」として、紹介された。

今日は、待ちに待った「はやぶさ2」が宇宙に飛び出すという。残念ながら、まだ無人ロケット。

いつの日か、わが故郷種子島から＜サリー・ライド、アゲイン！＞

人間を乗せたロケットが、大空を飛びたって欲しいし、僕も、今度はモニター付きのビデオカメラで、もう一つのロケットを撮ってみたいものである。

Chapter 5 Health

☆小ぼけの記

☆今日は寒いの、暑いの?

☆漢字が書けなくなっちゃった

☆あの、あの、あれ・・・

☆〈8020〉

☆1泊2日のホテル代?

☆ああ85キロ

☆ダイヤモンド婚の提案

☆代名詞がわりに

☆もう私達の手には負えません

小ぼけの記

人間誰しも、トシをとる。
この僕も、トシを気にするトシになってきたらしい。
らしいということ自体が、何だかいやらしいのは、身体のどこかで、まだまだ若くいたいという煩悩が、あるからに違いない。
今まで余り気にもしていなかったタクシーの窓に貼ってあるステッカー。
「不老長寿」などというコピーが、やけに気になってきたのも、近頃のこと。
そのわりに、昨日の夕食何を食べたか、思い出すのに２～３分もかかるテイタラク。
そういえば、あんなに楽しみだった土日の休日も、僕の身体のカレンダーから、すっぽり抜け落ちてしまったらしい。
いつだったか、眠い目をこすりながらベッドから起き上がった僕に、隣のベッドから、ひとこと。
「あなた、何してるの？今日は土曜日よ。会社はお休み！」
どうやら、僕のカレンダーは、完全にぼけてしまっているようである。
ぼけといえば、ぼけの花。
流行のパソコンのウィキペディアで調べてみたら、こんな解説が載っていた。

実が瓜に似ており、木になる瓜で「木瓜（もけ）」とよばれたものが「ぼけ」に転訛（てんか）したとも、「木瓜（ぼっくわ）」から「ぼけ」に転訛し…」とも。早速、花屋さんに尋ねたところ、春に咲くぼけと、秋に咲くぼけがあって、今は店頭においてないとか。そこで再びウィキペディア。

世の中便利になってきたものだ。

綺麗な白やピンク、真っ赤なぼけの花の写真がたくさん載っていた。

ひと目で、僕はこのぼけの花が気に入った。

花言葉は情熱、平凡、妖精の輝き。

小ぼけの僕が今まで気にもかけていなかった、美しいものを見つけて、これからの余生。

何だか楽しくなってきたのは、いうまでもないことだった。

ひょっとすると、若い頃には気づかなかったものが、ぼけてくると、見えてくる、聞こえてくる、味わえるようになる、感じるようになることがあるのかもしれないが、この本も、なるべく平易に、メガネなしでも読んでいただけるように、活字も大きく書かせていただいた。

どこから読んでいただいても、小ぼけが大ぼけにならないように、中高年のみな様、小ぼけの余生を大いに楽しんで頂きたいものです。

今日は寒いの、暑いの？

ここ2～3年。僕の身体の体温計は狂いっぱなし。

寒いからと思ってヒーターをつけると、周りの人達から「暑い、暑い」のブーイング。

暑いからと思ってクーラーをつけると、またもや「寒い、寒い」の大合唱。

家内と2人ぼっちのわが家は勿論のこと、行き帰りの車の中、会社やヨットの中まで、「暑い、寒い」のシュプレヒコールがあがる毎日だ。

そんな過酷？な環境のなかで、僕が覚えた日常語は「今日は暑い？今日は寒い？」と周りの人達に問いかけるご挨拶。まれに「ええ寒いですよ」とか「暑いですよ」とか言われたりすると、それこそわが意を得たりと、ヒーターやクーラーのスイッチに手を伸ばす。

よくこの国は、春、夏、秋、冬の四季に恵まれていて、その折々の風情が独特の文化を生んだと言われている。だが、今の僕には「寒いか、暑いか」の二季しか感じられなくなったから、まるでハワイアン。

寒ブリも聖護院大根も、もどり鰹も、ポンカンもない無風味な人生がやってきたようである。

不思議なことだが、こうした「暑いか、寒いか」の二季の毎日を過ごしていると、これはこれで、面白い。

身体で「暑い寒い」を感じなくなると、台所の壁に貼ってあるカレンダーが頼りになってくるから、「あ、今日は３月３日。お雛さま。だから、春。そろそろ暖かくなってくるんだろうな」
と思いつつ、ついつい冬場のダウンジャケットにマフラーをまいて、家を出ようとすると家内から一喝！された。
「あなた、もう春よ。そのジャケットじゃ、暑いし、みっともないからやめて」
ただ、ご本人の体温計は、まだ狂いっぱなしの冬、まだまだ寒い冬だから、「明日着替えるからね」と心にもない嘘をいって、その場しのぎ。迎えにきてくれた車は、僕の天国だから、思い切ってヒーターのスイッチをひねった。エアーダクトから室内に熱風が流れ、良い気持ち。だが、運転手君の額からは大粒の汗が流れていた。
そこで、ひとこと。
「暑いの？」
やや遠慮気味に彼は答えた。
「ええ、暑いです」
福島生まれの彼は、四季折々の風情をもつ日本人だった。

漢字が書けなくなっちゃった

もう１０年以上も前のことだが、ヨットクラブの理事会での出来事だった。

理事長職を拝命していた僕に、若い理事のＮ君が、こんな発言をしてきた。

「理事長は、クラブの意思疎通のこと。どう思われているのですか？そりゃあ、理事会や各種の委員会で、顔をあわせて議論するのも良いのですが、１５０人も居る会員の中には、とても忙しい人もいっぱいいるんです。ですから、一年に何回か出される会報誌も大切な広報手段。でも、紙に印刷するんじゃお金もかかるし、広報委員会の人達も大変。

ですから、これからはパソコンを使って、必要な情報を瞬時に送受信する。

うちのクラブにも、ホームページをつくっておけば、いつでも必要なときに、会員達とコミュニュケート出来るんです。どうですか、理事長。この際、つくりましょうよ」

問いかけられた僕は、頭の中が真っ白？

それまで､パソコンなどいじったこともなかったから、答えに窮したことは、いうまでもなかった。

でも、そこは理事長殿。分かったふりをして、こう答えてしまった。

「パソコンの設置か。うん、良い提案だからやってみましょう」

当時は、まだIT時代の黎明期だったから、そこにいる何人の理事達が、事の次第を分かっていたのか、聞くよしもなかった。

事務所にもどってから、早速パソコンの資料を集めてもらって、パソコンのお勉強。

数ある中で、僕のおめがねにかなったのが、口でマイクに語りかければ、機械が勝手に入力してくれるというIBMのビアボイスというソフトウエア。

大枚をはたいて購入したパソコンにおしゃべりしてみた。「もしもし、こちら は島崎です。聞こえますか？」
すると、このパソコン。「？？？？？？？」

何にも答えてくれなかった。

カタログ上では、キーボード操作なしで、しゃべれば入力してくれるはずのIBMビアボイスは、それからも、なかなか僕の言うことを聞いてくれなかった。

（何だ、このパソコンめ。役立たずの阿呆だ！）
と気がつくまで、2～3ヶ月はかかったものだった。

「やっぱり、駄目みたいですね。そのパソコン」と、ちょっと上から目線でキーボード操作に慣れたパソコン先輩の秘書殿が笑っていた。

そうこうしているうちに、次から次へと新しいパソコンがやってきた。

ウインドウズのノートブック、アップルのMacなどという機械達。

勿論、みんなキーボード付きだから、モニターの前には、英語のアルファベットと算用数字、それに怪しげな記号がズラリ。
（何とかしなきゃ・・・）と思えば思うほど、わが指は動かず、気が滅入る毎日の連続だった。
やっとのことで、メール送受信が出来るようになったころ、アメリカのセカンドハウスに行くことになった。
（良い機会だから、これから２週間。毎日パソコンの練習を！）
と思って、始めたのが恥ずかしながら、Ｈな写真鑑賞。いまから考えれば、馬鹿な話だが、スイッチオンで綺麗な女の人？が、いつでも見られる。
これならパソコン訓練も、楽に楽しく続けられると思っての僕なりのアイデアだった。
誘われるままに、クレジット番号を入力。すぐに、鑑賞会は日常化して、次から次へとアメリカの美女達が目の前に現れてきた。勿論、この旅行に同行していった家内が夜寝静まってからの作業だから、自然にキーをたたくスピードも早くなったのは収穫だった。
ただ、この世界のプロは、情報流用は朝飯前のことらしい。「こいつは。いいカモ」と思われたんだろう。
くるわくるわ、毎日何十通もの鑑賞会への有料招待が、僕のパソコンのモニターを占拠するようになって、さしもの僕も、怖くなって、スイッチオフ。
帰国してから、驚いた。何と横文字の請求書が山盛り送られてきて、やっと我が身の情けなさに気がついたという次第。

ただ、こうした恥ずかしくもほろ苦い体験で、会得したものもあった。それは、ＰＣの操作やインターネットのやりとりがスムースになったこと。

言い出しっぺのヨットクラブの面々は、こんな理事長殿の裏事情をご存じないから、面食らったに違いない。

「お年の割にあの理事長、なかなかやるじゃない」などと言ってくれたし、

調子にのって、その後、本も二冊、前立腺ガンの闘病記「アッという間に、消えちゃった」「僕は生きるぞ、生き抜くぞ！」（Ｋ＆Ｋプレス刊）も、このパソコンで書かせて頂いた。

ただ、近頃になって、気がついたこと。

それは、紙に鉛筆やペンで原稿を書くとき、おそるべく漢字が書けなくなったこと。ときどき、筆を止めて、パソコンの辞書で、いちいち漢字を確認しているが、何とも寂しくも便利な時代になったものである。

アルファベットの横文字で、まずはひらがな書きして、漢字変換。毎日そんなもの書きをしていると、フリーハンドで怖じ気も無くモノを書いていた昔が懐かしくなる。

あの、あの、あれ…

もう毎日のように出されるクイズ？
クイズのいい出しっぺは、いつも僕。
「あの、あれ、あれ…、取って」いつものことだから、１２０%分かっているはずの女房殿は、ぴくりとも動こうとせず、これまた、同じ答えを返してくる。
「あれ､あれ､じゃ､何のことか分からないでしょ。はっきり、仰って！」
朝の食事のダイニングテーブル、ちょっと手を伸ばせば「あれ､あれは」見えるところに置いてあるのだから、「あの、あれ、あれ…、取って」など恥をかく前に、身体をちょっと動かせばいいのに、ずぼらな僕は、もう一度「あの、あれ、あれ」を口にする。
すると、女の人、とくに５０年以上も結婚してきた女房殿の反応は、手厳しい。
「あなた、少し私に甘ったれているんじゃないの？すぐ､あれとか､これとか､代名詞が多いのは､頭を使っていない証拠よ。ちゃ～んと言って」
正直、こんな答えが返ってくるなんて、想像もしていなかったから、一瞬たじろいだ僕。
そんな僕をめざして、女房殿の厳しいクイズが跳ね返ってきた。
「あの、あれって、何のこと？」
目の前にある真っ暗なTVの画面をにらみつけなが

ら、頭の中で「あの、あれ、あれ」を繰り返すが、なかなか言葉が出てこない。

しようがないから、今日はTVなしで朝食。ちょうど、嫌いな野菜サラダを口にしたとき、その言葉が思い出された。「あれってねえ、TVのリモコンのこと」。実に晴れ晴れとした良い気分だった。

だまって、女房殿がとってくれたリモコンが、朝のニュースを流していた。

「行ってらっしゃい、元気でね」

いつものようにハイタッチで送ってくれた女房殿の表情は優しかった。

<8020>

いきなり、こんな数字を出されて、戸惑われた方もおられるに違いない。

この数字は、歯医者さんの待合室に、楚々と掲げられている「虫歯予防」のスローガン、コピーである。

意味は「よく歯を磨いて、８０才まで自前の歯を２０本は残しましょう」

さいわい僕は、めでたくその目標に達した患者。

よく若い歯医者さんに、「お元気ですね、まだまだこの調子なら、心配なし」なんていわれて、今でも、３ヶ月にいっぺん位は、歯医者さんのお世話になっている。そういえば、広告の仕事でお世話になっているサンスターさん（金田博夫オーナー）とは、もう４０年以上も前から、歯や、歯茎や、近頃では万病の元と言われるほどにもなった歯周病の勉強をさせて頂いているから、歯の健康には、人一倍、神経を使ってきたし、できれば、＜８０２０＞は達成したかったものだ。

勿論、歯ブラシはサンスター製の「ＤＯクリア」、歯磨は「ＧＵＭ」シリーズ。７０才を過ぎた頃からは、それに加えて、「GUM 歯間ブラシ」で、歯と歯の間を、ゴシゴシ。最後は「GUM デンタルリンス」で口の中を、クチュ、クチュ。

こうした日常を、朝、昼、晩と続けたおかげで、＜８０２０＞の目標をクリアできたのだから、サンス

歯磨きセット

ターさんも、僕も、ハッピーだ。

だが、こんな僕だって、母のお腹の中で、歯を磨いていたわけもないし、

昔のことを思い出して、何か、歯が丈夫になった原因を、考えてみると、こんなこと。つまり、食生活だったことに気がついた。

歯学の心得もない素人の経験談として、書き記してみると、こんなことであった。

（1）小さいときから、固い食べ物が好きだった、固いせんべい、魚の骨、あわびの土手や山川漬け等々。ことに、梅干しの種をガツンと噛み砕いて、中の実をたべるのが好き。

（2）お肉などは、骨付きの牛にむしゃぶりついて、ナイフやフォークをつかわないで、歯と歯茎で肉を食いちぎる。

この作業には、かなりの顎力と腕力が必要で、「そんな食べ方、下品よ」と、よく叱られていたものだった。
８１才の今でも、骨付きのラム肉は、手でつかんで、歯と歯茎、顎を使って、下品に食べている。
（3）僕の母は、１８歳で僕を筆頭に、４人の男の子を生んだ。戦争中のこととて、大変だったと思うが、聞くところによると、僕は長男。
次男、三男、四男は、さほど歯は丈夫ではないらしいから、やっぱり、カルシウムの豊富な母体が、その原因の一つに違いない。
８０年たって、<８０２０>の原動力は、母体の若さにあったことを、初めて知った。

１泊２日のホテル代？

僕は、東京中目黒にある国家公務員医療法人「東京共済病院」のファンである。

病院のファンだなんて、ちょっと変な言い方かもしれないが、今から７～８年前に、おしっこやうんちが出にくくなって、とどのつまりは前立腺ガン。その折のいきさつは、小著２冊（☆注）にくわしく書かせて頂いたから、詳細は省かせていただくとして、

その後あしかけ１１年。

僕の日常は、前立腺ガンの検診で、半年に１度は、重粒子線治療の「放射線医学総合研究所（通称、放医研）」

☆注「アッという間に、消えちゃった』『僕は生きるぞ、生き抜くぞ！」
Ｋ＆Ｋプレス刊。

東京中目黒の東京共済病院

の重粒子医科学センター病院に通院。
　加えて、月に１度は、件の「東京共済病院」にお世話になることとなった。
　月並みかもしれないが、糖尿病と腎臓病。
　７０才になるまで、何の病気もしたことがなかったから、いきなり前立腺ガンだの、糖尿だの、腎臓などといわれても、ピンとこなかったのだが、医学の進歩にはすさまじいものがあるらしい。
　一昔前だったら、生きるか死ぬかの境地をさまよっていたかもしれない人間が、こうして原稿など書いていられるのだから、「先進医学」とか「近代医学」と言われるだけのことはあるし、患者や家族にとって、こんなに有難いことはない。
　ただ、やっかいなことは、何かにつけてチェック＆チェック。すべての病気がデジタル化されているから、
「ちょっと寝苦しい感じが…」で肺や心臓のコンピューターチェック。
「お通じが…」といったら、胃カメラ飲んで、大腸の中を、２時間もかけて、じろじろとみられるしまつ。
　幸い、小さなポリープが１つあるとかで、電子メスでカチン。
　このときは、手術後１晩安静にということで、１７時に車いすにのせられて、病室へ直行。
　前日から絶食していたし、水も飲まずに、翌朝１０時まで点滴の１日はつらかった。
　そこで、サブタイトルの「１泊２日のホテル代？」の

こと。

病院から頂いた治療費の明細。お医者さんや看護師さんの治療費と、病室の費用を比べて驚いた。

何と、病室代の方が高かったのだ。しかも、１泊２７，０００円はともかくとして、×２日で５４，０００円。

いくら何でも、１日は２４時間、２日で４８時間。

どう考えてみても、僕があの病室にいた時間は２０時間だから、「入院日が２日は、何かの間違いでしょ？」と予約係に聞いてみたら、畏れ入った答えが、返ってきた。

「いいえ、間違いではありません。厚生労働省の指導では、夜の１２時を超えたら、１日分をとっても良いとされています。ですから、島崎さんの場合、夕方６時に入院されて、翌日の１０時に退院されたので、合計２日分を頂いたのです」

こんなべらぼうな話。聞いたこともなかったから、文句を言ったのは当たり前のこと。

だが、とどのつまりは、２日分の宿賃？は払わざるをえなかった。

どうやら、厚生労働省の役人どもが病院事務局に指示した法律は、弱き患者の味方じゃなくて、病院側の経営の論理。

もうけの論理の肩入れしているといった方が良いのかもしれない。

ひょっとすると、こうした悪法を野放しにしている政治家の怠慢、病院理事会あたりの政治力が巾をきかせているのだろうが、こうした嘆かわしき法律は、裁判官ならぬ裁判員制度の時代だ、即刻、修正、改善すべきだろう。患者は、病院や医師、看護師など白衣の人々は勿論。平服の事務員さんまでも、天使だと思っているのだから…。こんなことがあってから、数日後。件の共済病院事務局から電話がかかってきた。

「ご希望の、書面でのお返事は添いかねます。ですが、2日目の宿泊費は全額お返し致しますので、次回の来院日、お手数ですが、事務局までお越しください。あらためて精算させて頂きます」

こんなやりとりなど無かったかのように、古い請求書は目の前で破棄され、一日分の宿泊費が差し引かれた新しい請求書にそって、支払いを済ませたことはいうまでもない。

が、あの病院にくる患者さん達みんなが、僕のように、クレイムをつけられる人達ばかりじゃないはず。

即刻、間違った厚生労働省の指導は変更すべきであろう。

1日は1日、24時間なのだから。

ああ85キロ

「あきまへんなあ、ウエストが110㎝だなんて、太すぎてウチのズボン、入るのありませんわ…」

僕の取引先で、永年友人のように親しくお付き合いをさせて頂いている、スラックスの一流メーカー「エミネント」の髙野オーナー。

日頃は、奈良のお屋敷で、悠々自適？の生活をされているが、1年に何回かは、東京の展示会に顔を出され、今でも現役。

スラックスが、それこそ何百本もディスプレイされた華やいだ展示会場。

多くのバイヤー達が商談にあけくれている最中に、僕も顔を出す。

もう息子さんに社長の座を譲られてから、数年の時が

スラックスメーカー「エミネント」の展示会

流れていったが、そこは、スラックスの「エミネント」の代名詞のような人だ。
まるで、流行りのアイドルみたいに、次から次へと、人だかりができる。
「やあ髙野はん、お久しぶりです」と、僕も怪しげな関西弁で、ご挨拶。
ここは東京でも、お相手は商売熱心な関西人だから、僕も、スラックスを注文したいのだが、いつも、サイズオーバー。
と、髙野はんは、いつものように、ポケットからメジャーを出してきて、「ほな、測ってみまひょか」とくる。
その顔には、意地でも「エミネント」のズボンをはかせたいという心意気が感じられて、心地よい瞬間である。主客転倒。
（測りたけりゃあ、測ってみろ。スラックスメーカーは、お客さんのサイズに合ったズボンをつくってこそ…）
だが、いつものように、その答えは同じだった。
「あきまへんなあ、ウエスト１１０㎝だなんて、太すぎてウチのズボン、入るのほとんどありませんわ・・・」
こんなこと、大きな声では他人様には言えないが、ウエスト１１０㎝の僕の体重は９９キロ。
髙野はんが、声をはりあげて、若い社員に何事かを指示していた。
いろんな生地見本の中から、既製品ならぬオーダーメイド。ほどなく、ウエスト１１０㎝のズボンが届けられたのは、言うまでもないが、念のため、ウチの風呂場の体重計にのって、今度は、本人が驚いた。
　１００キロまでしか測れない体重計の針は、ほぼ１２時。
（こりゃあ、いかんな。１００キロだなんて！）
　こんなことがあってからの、半年、１年は永かった。
　健康管理には、ことのほかうるさい家内には「歩け、歩け」とおどされたが、本来怠け者の僕には、毎日、健康のために歩き続ける自信など、なかった。
（何とか、歩かないで、痩せる方法はないものか。市販のやせ薬はどうだろうか？）挙げ句の果ては、かかりつけのお医者さんに相談もしたが、結論は同じ。「なるべく野菜を中心に、そして歩くこと」だった。
　人間は原点にかえって、という教えがある。
　もともと、「勉強や体操が嫌い」だった僕。
　その原点は、ずぼらに徹して、生きていくこと。
　そうだ！アイデアだ！
　だれも知らない僕だけのアイデアを見つけて、痩せてやろう。こんなときの僕は、妙に勤勉になるから、人間って、面白い。
　まず、考えたことは、秘密。誰にも言わずに、すぐ実行。好きな寿司屋に行く、いままでは何にも言わないのに、やれイカだ、赤貝だ、ヒラメだ、マグロが、２貫ずつでてきたから、一言。「オヤジさん、今日から１貫ずつにして・・・」と頼む。
　頭の中の計算では、食べるお寿司の数が半分になるから、減量には役立つはず。ついでに、お醤油もちょっぴりにしたから、以前より魚の味がするようになった。
　ウチで食べる食事は、家内がお医者さんから指示されたタンパク質は（主に 魚や肉）一日５０グラム。
　秋のサンマなど半分しか食べられないから、口寂しくもあったが、仕方がないから我慢、我慢。
　つらかったのは、外食。連れの者に、わざわざトンカツを注文させて、僕は、サラダ。
　ついつい、いじきたなく、一切れを口にして、おしまい。酒は飲まず、ご飯も一膳。好きなチョコは、ブラックを一かけら。
　かくして、半年後、僕の体重は、マイナス９キロ、９０キロになっていた。
　内心（しめしめ、この調子）と思ったのが大間違い。
　それからの半年は、努力の割に報われなかった。
　９０キロまでやってきたのだから、あと、もう一息。
　目標は、８５キロだ！なんて、いくらうそぶいても、歩かないダイエットの道は、想像以上に険しいもの。
　ただいま、８５.５キロで、足踏み中である。
　「あ、やせはりましたなあ～」などと、いつの日か、あの髙野はんに言わせたい８６キロの毎日である。

ダイヤモンド婚の提案

今年は、僕たち夫婦が結婚して、何と６０年！

「よくまあそんなに永く」と言う人もいれば、「永い間ご苦労様」という人もいる。

人それぞれだが、なかには「どうして？」といぶかる人もいる。

ま、他人様それぞれだから、「ご随意に」とおもっているが、うちの奥さんから、そんなに、ダイヤモンド、ダイヤモンドって言うのだったら、「ひとつ約束して」と言われてしまった。

それは、こんなことだった。

「これから、貴方のことをパパとか、私のことをママとか、代名詞で呼ぶのはやめて、ちゃ～んと、お互いの名前で呼びあいましょうよ、いいでしょ」

ダイヤモンドリングならぬ、それが、家内からの注文だった。

僕達夫婦は、毎朝僕が出かけるとき、「行ってらっしゃい」のかけ声とともに、玄関でハイタッチをするのが、きまりだ。

だから、毎朝、出がけに「行って参ります。パチン」までは同じだが、そのあとの一言が大変だった。

一緒になって、早や６０年。照れくさくもあり、気恥ずかしくもあったが、ヤッタア！

「行って参ります、篤子さん」

僕と違って、言い出しっぺの家内には、あまり抵抗感がないのか、すらりと「行ってらっしゃい、保彦さん」の声が、元気よく跳ね返ってきた。

その日一日、僕の頭の中から、あの一声が、消えることはなかった。

こんな男の心理は、マカ不思議としか言いようもなかったが、いまでは、すっかり慣れてしまって、人前でも平気で、名前を呼びあえるようになった。

照れ隠しに、まわりの知人、友人に話をしてみて、驚いた。

意外と、評判が良いのである。

ことに、女性軍からは圧倒的に支持され、「ウチの亭主にも、やらせよ〜っと」と、早速、実行し始めた新婚組もいるほど。

少し落ち着いてきた頃、この新しい試みを言い出した家内の立場で、考えてみた。

結婚１年目、もう彼女のお腹の中には、子供がいたから、僕は、家内のことを「ママ」と呼んでいた。

孫が生まれても「ママ」、ひ孫が生まれてからは「バアバ」と呼んでいた。

べつに悪気があってのことではなかったが、無意識下の意識か、そう呼んでいた。

呼ばれていた彼女は、そんなに「ママ」や「バアバ」が嫌だったわけでもなさそうだったが、結婚６０周年を期に、実名で呼んで欲しいという意識が芽生えたのだろう。

素晴らしき６０周年、ダイヤモンド婚の提案だった。

代名詞がわりに

「あれ、それ」事件？から、僕が学んだ「小ぼけ」からの脱出法がある。

それは、至極簡単だった。

毎日何気なく見ているテレビ。それも通販商品の電話番号（フリーダイヤル）を、ボケ気味の頭に覚えさせるのだ。

ちなみに、＜０１２０の１０、２０、３０＞なんていう番号なんか、もってこいの教科書。

呪文のように唱えているうちに、頭の記憶装置が動きだし、ああ、これは「借金の金利をとりかえしてくれる」と豪語している○○事務所のCMコピー。

＜０１２０の００、３２５４＞は○○眼鏡、＜０１２０の２８０８９３＞は○○歯磨きのフリーダイヤルと暗唱できるほど、頭は活性化してくる。

「あれ？この番号、何だっけ？」となっても、ご心配なく。その番号に電話をかければ、親切に何のフリーダイヤルだったか、若いお姉さんが、優しく教えてもくれる。

この「小ぼけ」防止のノウハウは、授業料いらずの、中高年向き。

こう考えてくると、人間の頭も機械も、動かさなけりゃ錆びるもの。

今日も、「もしもし○○さんですね、白髪染めを一つ」

と言ったら、電話口の向こうのお姉さんから「申し訳ございません。ウチの商品は、やせ薬なんです」と言われてしまった。学生時代にやらされたディクテーションと同じ。

目で見て、耳で聞いて、声にして…。

「あなた、昨日の晩ご飯、何食べたか覚えてる？」と家内に聞かれて、「あいよ、イカのおさしみ」なんて答えられるようになったから、我が人生も楽しくなったもの。貴兄姉も、お試しあれ。

もう私達の手には負えません

１１年ほど前のことだが、僕は前立腺ガンと診断された。それも、Ａ、Ｂ、Ｃ、ＤのＣステージ。

中目黒の東京共済病院の１室、つとめて、無表情なお医者さん達が、３人。

「お気の毒ですが、貴方のガンは、もう私達の手には負えません。Ｃステージでは手術もできませんし…」

それまで、７０年もの間、病気で入院などしたこともなかったベッド上の僕も、看病に来ていてくれた家内も、が〜ん、頭の中が真っ白になるぐらいの大ショックだった。

まわりの音も、匂いも、色も、何にも見えなくなった。ただ、怖そうな白衣の医者と、心配気な家内の顔だけは見えていた。

放射線医学総合研究所　重粒子医科学センター病院

「直せないなんて、あなた達はお医者さんでしょ。そんな…！」と、医者に 食い下がる家内。
とどのつまりは、この病院から、家内の友人のすすめで、千葉県穴川在の放射線医学総合研究所病院へ。
結果的にいえば、ここで受けた先進医療の放射線治療は素晴らしく、僕の前立腺ガンは、消滅してしまった？
（ガンは、不治の病といわれるほど、転移、再発。根深いものだから、完治したとは言えないらしい…）
が、毎月の健康診断。１１年経った今でも、僕のＰＳＡ値は、０．１である。
この治療の顛末は（小著「僕は生きるぞ。生き抜くぞ」K&K プレス刊）をご参照下さい。
この機会に、多くのガンに怯える中高年の方々に、言っておきたいこと。
それは、
（その１）６０を過ぎたら、健康診断をすること。
（その２）その場合、医者や病院が何と言おうと、前立腺ガンの腫瘍マーカー、ＰＳＡ値だけ計ってもらうこと。病院によっては、そのための血液検査を嫌がるところもあるが、「ＰＳＡ値も計ってね」の一言で済む。成人男子の５０％が発病すると言われている前立腺ガンは、この値で早期に発見できるし、できれば、Ａステージで発見、治療すべし。
（その３）少なくとも、前立腺ガンは、放射線治療で治せる時代になったことを、自覚すべし。
前立腺ガンの一次体験をした患者の立場で申せば、この治療は、患者に優しい治療だ。

放射線専門医のチェック後、患部を切らない、血も出ないから、輸血もしない。それどころか、あの副作用だらけの抗がん剤も使用しないから、副作用の恐れナシ。欠点は、入院時に他の病院の治療を受けていないことと、治療費がやや、お高いことぐらいだろう。

僕の場合、放射線治療は、一日１分。患部にピンポイント照射。間に１日休んで、又１分と、１ヶ月ぐらいで、退院できた。専門医と放射線技師、医学物理士のチームドクター制。

かくして、「もう手のほどこしようがありません」と絶望の淵、Ｃステージからのご帰還だった。

先進医療の放射線治療には、いささかの手違い、勘違いなど、みじんもなかった。

いいですか、親愛なる中高年の皆様、ＰＳＡ値をお忘れなく。

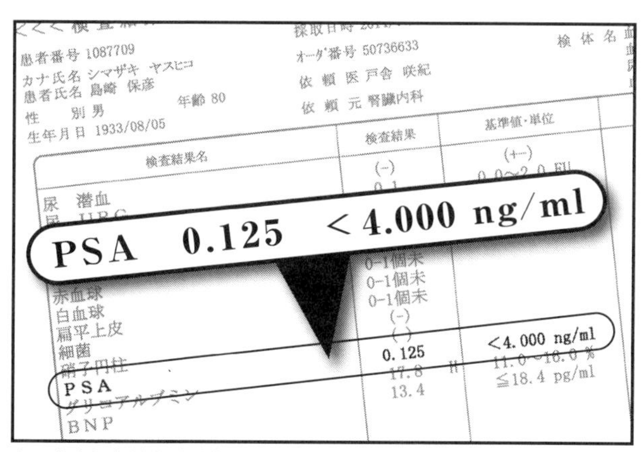

とても大切な前立腺腫瘍マーカー（PSA）

あとがき

この本を書き始めたのは、もう１年ほど前のこと。

だが永い人生、何が起きるか分からないもの。

突然、右目が不自由になったから、さあ大変。

眼科の医者に看てもらったら、「５年ほど前に、当院で処置したレーザー治療の後遺症で、ま、自然治癒するまで、ほっておくしかない」とのこと。

内心、（ほっておくしかない）なんて、医者として無責任じゃないかと言いたかったが、だまっていた。

（あの医者は、半年か、１年位、ほっとけば自然治癒すると言ってたけれど、もう少し早く直ればいいな）などと、思っていたのが、甘かった。

１年たっても、いっこうに良くはならなかった。

そんなある日、まだ若い、車のディーラーＡ君がやってきた。「いやあ～、僕もそうなんですよ。仕事柄、車を運転するのが仕事ですから、苦労しましたが、まだ、完全じゃないんですよ。お大事に」この話を聞いた僕は、随分と勇気づけられた。

（そうか、僕だけじゃない。こんな若者達までが、それでも頑張っているんだ。なら、この僕も頑張らなくっちゃ）

おそる、おそる、パソコンの前に座って、見えづらいキーボードに向かって、本の原稿を書き始めたのが、６ヶ月前、初めは、ミスタッチばかりしていたが、人間の器官は、互換作用があるらしい。いつのまにか、見づらい右目の代わりに、左目が2つ？になって、何とか書き上げることが出来た。

頭の中で、（そうか、丹下左膳の境地だな）なんて、余裕も出来てきた。

文中、アルファベットの仮称でご登場頂いた方々には、ひとかたならぬ、お世話になった。あえて、お名前を書かなかったのは、ご本人に万が一にも、ご迷惑がかからないようにとの配慮のつもり。有難うございました。

また、本の校正には、小社の早田佳代、横山良樹、明田宏子、太田輝久、福元英樹君達にも、それに表紙用の絵を描いて下さった吉岡耕二画伯、株式会社Ｋ＆Ｋプレス編集部の坪内隆彦氏、牧田龍氏にも大変ご面倒をかけてしまった。重ねて、お礼を申し上げておきたい。有難う、みなさま。

著者略歴

昭和８年　東京生まれ。鹿児島育ち。
昭和 31 年　学習院大学経済学部卒。
産経新聞、東京放送勤務を経て、昭和 39 年（株）シマ・クリエイティブハウス、同 55 年（株）トッシュ・プロダクション設立。代表取締役に就任、現在に至る。
日本ペンクラブ会員 / 日本エッセイストクラブ会員 / 東京コピーライターズクラブ会員 / 日本野鳥の会会員 / 東京南ロータリークラブ会員

☆著書

『白い雲をかえせ』（産能大学出版部刊）
『ヤングは発言する』（産能大学出版部刊）
『君は四角い太陽を見たことがあるか』（日本コンサルタント・グループ）
『僕のまわりには、実感人間がいっぱいだ』（ダイヤモンド社刊）
『ジャーナリズムと広告の歴史』（青葉出版刊）※日本図書協会選定図書
『社長の壁新聞』（ＰＨＰ研究所）
『負けてたまるか』（ダイヤモンド社刊）
『宵越しのゼニはもつな！』（Ｉ＆Ｉ社刊）
『アッという間に、消えちゃった。』（Ｋ＆Ｋプレス刊）
『僕は生きるぞ、生き抜くぞ！』（Ｋ＆Ｋプレス刊）
その他

2015年1月22日　初版1刷発行

著　者　島崎保彦
発行人　南丘喜八郎
デザイン　太田輝久
印刷所　中央精版

「さるすべりの花のように」
―まだやってるの―

発行所　株式会社K＆Kプレス
東京都千代田区平河町2―13―1
相原ビル5F（〒102-0093）
電　話　03（5211）0096
FAX　03（5211）0097
ISBN978-4-906674-64-0　Printed in Japan